Das Klümpchensglas

Jupp Hammerschmidt

Das Klümpchensglas

und andere Geschichten aus der Eifel

GEV

www.gev.be
buchverlag@grenzecho.be

ISBN 978-3-86712-060-9
D/2012/3071/1

Satz: Grenz-Echo, Eupen

Inhalt

Vielen Dank an meine kleine Schwester
Cilly, die mir in ihrer selbstlosen Art
ihr ganz persönliches Klümpchensglas
zur Verfügung gestellt hat.
Allerdings nur zum Fotografieren.

Das Klümpchensglas

Das Leben in der Eifel ist eine herrliche Sache. Auch heute noch. Obwohl vieles längst nicht mehr so ist wie früher. Die Fastenzeit zwischen Aschermittwoch und Ostern zum Beispiel. Gibt es noch, ja. Aber wer hält sich denn heute noch streng an die Fastenzeit?! Niemand! Und erst recht nicht mehr ans Kreuzwegbeten. Kreuzwegbeten – bei dem Begriff sehe ich die Fragezeichen förmlich in den Gesichtern mancher Leser aufleuchten. Kreuzwegbeten – hä?! Was soll das denn sein?!

Ich bin als Schüler in der Karwoche noch jeden Tag unmittelbar nach der Schule, vor dem Mittagessen, in die Kirche gerast. Alle anderen aus meiner Klasse übrigens auch. Und dann ging es los. Kreuzwegbeten. Die Älteren werden sich erinnern: An jeder Kreuzweg-Station ein Vaterunser, ein Gegrüßetseistumaria, Knicks mit Ehreseidemvater. Und weiter zur zweiten Station. Vaterunser, Gegüßetseistumaria, Knicks, Ehreseidemvater. Nächste Station. Vaterunser, Gegrüßetseistumaria, Knicks, genau, Ehreseidemvater ... und nach den ersten sieben Stationen raste man rüber auf die andere Kirchenseite. Da waren nämlich die zweiten sieben Stationen. Im Mittelgang wurden, atemlos, die aktuellen Zwischenstände ausgetauscht. „Wieviele hast du schon?" „Sieben!" „Mist, ich hab erst sechs!"

Wenn du zurücklagst, musstest du natürlich das Tempo forcieren. Ist ja klar. Du wolltest schließlich aufholen. Und schon ging es wieder los. Vaterunser, Gegrüßetseistumaria, Knicks, Ehreseidemvater ... und immer so weiter. Um ein Uhr, wenn die Glocke schlug, war der Wettkampf schlagartig beendet. Ab nach Hause zum Mittagessen. Ich habe mal an einem

Tag sechsunddreißig Kreuzwege geschafft. Das war mein Rekord. Aber gewonnen habe ich nie. Nicht ein einziges Mal. Der Försters Arthur hat mal an einem Tag achtundvierzig Kreuzwege hingelegt. In Worten: Achtundvierzig! Unglaublich, oder?! Ich bin heute noch überzeugt: Wenn Kreuzwegbeten olympisch gewesen wäre, der Arthur hätte ganz hoch oben auf dem Treppchen gestanden. Sozusagen in Augenhöhe mit Jesus selbst. Station Zwölf ist das, glaub ich. Sie wissen schon, was ich meine. Aber je länger ich darüber nachdenke, um so sicherer bin ich auch: Der Arthur hat geschummelt! Der kniete jedenfalls an Karsamstag verdächtig lange im Beichtstuhl. Wie der geschummelt hat, weiß ich nicht. Aber dass er geschummelt hat, ist für mich keine Frage. Vielleicht war er ja gedopt. Damals schon. Möglich wär's. Urinproben haben wir schließlich nach dem Kreuzwegbeten keine genommen. Schon aus Zeitgründen.

Die Fastenzeit machte ja generell einen Höllenspaß. Nicht nur beim Kreuzwegbeten. Wir Kinder sammelten beispielsweise mit großem Elan Klümpchen. Die durfte man ja nicht essen während der gesamten Fastenzeit. Genauso wie Fleisch. Wenn man es ganz streng nahm, durfte man während der gesamten Fastenzeit auch kein Fleisch essen. Nicht ein Fitzelchen. Heute längst kein Thema mehr. Immer mehr Katholiken sind ja inzwischen eh Vegetarier. Bei manchen ist das so extrem, die sprechen schon von der „Tofuwerdung Christi".

Die Klümpchen wurden natürlich wo gesammelt? Richtig, im „Klümpchensglas". Wo sonst?! Und das war dann bis Karsamstag rappelvoll hauptsächlich mit diesen harten Himbeerklümpchen. Die gab es beim Bäcker. Jedesmal, wenn du

ein Brot kauftest, kiegtest du so ein Himbeerklümpchen. Sah original aus wie eine echte Himbeere. War aber reiner Zucker. Mit rotem Farbstoff. Ohne Papier. Und die Himbeerklümpchen verschmolzen dann aufgrund der Zimmertemperatur und der Feuchtigkeit während der vierzig Fastentage im Klümpchensglas zu einem riesigen, unförmigen, roten Klumpen. Genau so stelle ich mir heute noch einen Meteoriten vom Mars vor. Manchmal kriegtest du auch andersfarbige Klümpchen. Im Konsum gab es zum Beispiel diese sichelformigen gelben, schmeckten ein bisschen nach Zitrone. Machte aber nichts, die wurden in dem großen Klumpen mit eingeschmolzen. Und sobald am Karsamstagmittag die Kirchenglocken vom Breiessen aus Rom zurück kamen, durfte man sich über den Klotz hermachen. Durch unermüdliches Bearbeiten mit dem Griff des Brotmessers gelang es tatsächlich immer wieder, mundgerechte Bröckchen abzuspalten. Die dann auch sofort weggelutscht wurden. Bevor eine meiner fünfzehn Schwestern auch nur auf die Idee kam, danach zu grapschen. Und Ostersonntagmittag, allerspätestens, war der komplette Klotz aus dem Klümpchensglas Stück für Stück rübergewandert in den Magen. Wo die klebrige, rote Zuckerbrühe alsbald eine österliche Begegnung erlebte mit rund zwei Dutzend hartgekochter Eier.

Und das Luftgasgemisch, das dann über den Rest der Ostertage das Eifeler Kind kontinuierlich schubweise verließ, hätte aber dicke gereicht, um die Anästhesie am Simmerather Krankenhaus auf mindestens fünf Jahre hinaus mit Narkose-Rohstoffen zu versorgen. Da wurde das spätere Grundprinzip von Helmut Kohl bereits eindrucksvoll vorweggenommen: „Entscheidend ist, was hinten raus kommt!" Und was beim Eifeler

Kind, aber auch bei vielen Eifeler Erwachsenen, im Laufe der Ostertage hinten raus kam, hatte es wirklich in sich. Darin liegt übrigens auch die tiefere Bedeutung der traditionellen, ausgedehnten Osterspaziergänge durch die Eifeler Wälder. In geschlossenen Räumen wären die Menschen doch reihenweise umgekippt. Und im schlimmsten Fall an den hochkonzentrierten toxischen Emissionen elendiglich erstickt. So überlebten die Eifeler Menschen. Allerdings: Das Waldsterben erfuhr über die Ostertage eine massive Beschleunigung.

Alles hat eben seinen Preis. Selbst die ansonsten so überaus vergnügliche Fastenzeit.

Als das Auto in die Eifel kam

Das Auto hat nicht nur die Welt, sondern auch die Eifel total verändert. Ob zum Guten oder zum Schlechten, da kann man lange drüber streiten. Ich bin jedenfalls froh, dass ich in der Zeit groß geworden bin, als mein Onkel Heinrich noch einen Pferdeschlitten hatte. Und jahrelang sogar auch noch ein Pferd. Bello. Eigentlich mehr ein Hundename, glaub ich. Aber dieser massige, gutmütige Gaul hieß nun mal Bello. Für mich war es jedesmal ein Hochgenuss der Extraklasse, wenn Onkel Heinrich mich auf dem Pferdeschlitten mitnahm. Einmal die verschneite Hauptstraße runter. Und dann wieder hoch. Herrlich! Auf entgegenkommende Autos musste man nicht groß achten. Schon, weil es keine gab. Und diese Aussicht von da oben! Man saß wie auf einem Hochsitz auf Kufen. Und der Geruch! So ein Eifeler Pferd hatte ja, vor allem, wenn es sich anstrengte, eine sehr intensive Ausdünstung. Manche fanden die ekelhaft. Ich genoss diesen einzigartigen Bello-Duft. Ich dachte damals oft: Diesen Bello-Duft sollte Mama sich lieber in ihren Pffft-pffft-Flakon auf der Frisierkommode einfüllen. Statt „4711". Das ist für mich allerdings bis zum heutigen Tag das wirkungsvollste Anti-Insektenmittel, das auf dem Markt ist. Kann ich nicht oft genug betonen. Aber riechtechnisch stank dieses „Echt Kölnisch Wasser – 4711" total ab gegen den echt Höfener Bello-Duft von 1958. Der war betörend intensiv!

Irgendwer hat mir mal erzählt, Pferde würden so eindringlich riechen, weil sie keine Nieren hätten. Und den Urin durch die Haut ausschwitzen würden. Gottseidank war ich nie ein Freund von Sauerbraten. Der wird ja bekanntlich gern aus Pferdefleisch gemacht. Inzwischen habe ich die Angelegenheit übrigens mal „gegoogelt". Und bin auf diesem Wege zu der Erkenntnis gelangt, dass diese „Urinschwitze" wohl eher ins Reich der Märchen gehört. Wird aber auch heute noch immer wieder gern genommen und zum Besten gegeben. Speziell an Männerstammtischen. Wo der Anteil an nobelpreisverdächtigen Wissenschaftlern traditionell gegen hundertzwanzig Prozent tendiert.

Das erste Auto meines Vaters war ein Opel Rekord. Damals äußerst beliebt. Der machte was daher. Jedenfalls mehr als so ein popeliger Käfer. Vom Metzger gebraucht gekauft. Eine Komposition aus einem dezenten Beige und einem unaufdringlichen Lindgrün. Ein Opel Rekord war ja damals noch eine Riesenkutsche – im Stile eines Amischlittens. Fast schon ein Straßenkreuzer. Hinten extrascharf geschnittene Flügel, die in mächtige Rücklichter ausliefen. Weißrandreifen, logisch. Und Chrom ohne Ende. Chrom, Chrom und nochmals Chrom. Radkappen aus Chrom – eine Selbstverständlichkeit. Der Kühlergrill war eine derartige Pracht in Chrom, dass sich die Mücken, Fliegen, Hummeln und Bienen geradezu euphorisch in ihn reinstürzten. Manchmal konnten sich auch seltene Singvögel dem unwiderstehlichen Reiz dieses glänzenden Magneten nicht entziehen. Chrom-Leisten seitlich, Chrom um die Lampen rum, Türgriffe aus Chrom – das Auto war eigentlich viel zu schön zum Fahren. Und das war ja auch nicht der eigentliche Sinn dieses Pferdeschlitten-Nachfolgers. Dafür spricht auch, dass die motorisierte Familienkutsche jedweder Aerodynamik geradezu Hohn sprach. Egal! Hauptsache, Papa konnte mit den anderen Familienvätern mithalten. Wenn er sonntags mit seinem Opel Rekord die zweihundertachtzig Meter bis zur Kirche fuhr. Und dort hoch erhobenen Hauptes ausstieg.

Noch flott mit dem Jackenärmel den Außenspiegel nachpolierte. Und dann mit Mama zusammen in der Kirche verschwand.

Wir Kinder gingen zu Fuß. Wie auch sonst? Eine Anhängerkupplung hatte unser Rekord nicht. Damals waren zwar noch nicht alle Siebzehn geboren. Aber dass wir mal unter zehn Kindern gewesen sein sollen, konnte ich mir beim besten Willen nie vorstellen. Glaube ich auch heute noch nicht.

Mama ging dann nach dem Hochamt ebenfalls zu Fuß. Nach Hause. Denn Papa brauchte schließlich das Auto ganz dringend. Um von der Kirche aus rüber zum Frühschoppen zu fahren. Zum „Gasthof zur Post". Das waren immerhin fünfzig bis achtzig Meter. Je nachdem, wo er einen Parkplatz fand.

Es gab aber für den Eifeler Dorfbewohner noch einen zweiten gravierenden Grund, ein Auto zu haben. Die alljährliche Autosegnung auf dem Schulhof durch unseren Pastor. Da standen die Karossen Tür an Tür nebeneinander und wurden natürlich akribisch begutachtet. Das Auto hatte für den Eifeler Mann eine ähnlich zentrale Bedeutung wie für den Pfau das Gefieder. Mit einem winzigen Unterschied. Der Pfau bringt sein Gefieder nur in der Balz zum Einsatz. Der Eifeler Mann, und inzwischen weiß ich, nicht nur der Eifeler Mann, sein Auto an dreihundertfünfundsechzig Tagen im Jahr. Es sei denn, wir hatten ein Schaltjahr. Dann waren es natürlich dreihundertsechsundsechzig Tage. Damals schon.

Der Grund für die Anschaffung eines Autos lag damit auf der Hand: Der Eifeler Mann hatte endlich ein Objekt gefunden, das geeignet war, mit dem Herd seiner Frau nicht nur zu konkurrieren. Sondern ihn sogar zu übertreffen. Denn ein Herd hat bekanntlich weder Motor, noch Räder. Nicht mal Außenspiegel.

Es ging und geht, Sie wissen es natürlich, allein ums Putzen! Wäre ein Auto unputzbar, würden vermutlich neunundneunzigkommasieben Prozent aller Männer sich nie eins anschaffen. Beim Herd ging es ja zusätzlich auch noch ums Kochen. Jedenfalls mehr als beim Auto ums Fahren. Aber eben auch ums Putzen. Mich hat es als kleinen Jungen schon immer fasziniert, wie es Mama gelang, aus einem durch übergekochte Milch, verschlabberte Soßen und verbranntes Kartoffelpürée total versifften Herd nach dem Essen binnen kürzester Zeit wieder ein Hochglanz-Objekt zu zaubern. Das man so sofort in jedes Museum hätte stellen können. Wir hatten ja zu Hause noch so einen richtig alten Kohleherd mit viel Porzellan. Und ebensoviel Chrom. Und silbrig glänzendem Stahl. Die ganze Herdplatte war aus Stahl. Oder vermutlich eher aus Gusseisen. Ich kenne mich da nicht so aus. Und direkt über dem Feuer gab es in der Mitte einen relativ kleinen Deckel. Und drum herum nach außen sich vergrößernde Ringe. Und je nach Durchmesser des Topfes wurde der kleine Mitteldeckel rausgenommen. Oder auch ein, zwei oder wieviele Ringe. So dass der Kessel noch Halt fand. Aber eine möglichst große Fläche seines Bodens direkt befeuert werden konnte. Die Ringe waren natürlich glühend heiß. Manchmal rotglühten sie tatsächlich. Und deshalb gab es eigens so einen Haken. So eine Art kleines „Stippeleisen": „Ett Steppel-Ihser". Das man in ein kleines Loch im Mitteldeckel verhakte. Um ihn rauszuheben. Für die äußeren Ringe hatte das Ding vorn eine gebogene Nase. Mit einem Klemm-Pinn oben drüber. Einmal einhaken. Den Ring zur Seite wegziehen. Fertig.

Und Mama gelang es, wie gesagt, jedesmal aufs Neue, die gesamte Herdplatte inklusive sämtlicher Ringe wieder dermaßen

auf Blinkstufe Eins zu polieren, dass es aus Sicht meiner staunenden Kinderaugen einem Wunder gleichkam. Und das alles machte sie nur mit Sidolin und ein paar Wolllappen. Dieser scharfe Sidolin-Geruch hat meine Kindheit übrigens annähernd in gleichem Maße geprägt wie Bellos Urin-Schwitze. Die ja in Wirklichkeit gar keine war. Da muss ich mich heute noch bei dem Armen entschuldigen. Ich hoffe, er hat Verständnis. Da oben im Pferdehimmel.

Und dem Eifeler Mann blieb eben jahrhundertelang nichts anderes übrig, als diesem Herdputzwunder ebenso untätig wie neidvoll zuzuschauen. Tag für Tag. Bis das Auto Einzug hielt auch in diese vom Schöpfer so ganz speziell behandelte Ausnahme-Region unseres Planeten Erde. Endlich konnte Papa seine eigenen Wolllappen und seine eigenen Leinentücher rekrutieren. Und vor allem diverseste Cremes und Salben zur Chrom-Vorbehandlung. Und anschließenden Feinpolitur. Sidolin war natürlich viel zu grob für diesen Zweck. Da waren edlere Substanzen gefragt.

Fürderhin blickte der Ehemann eher mitleidig auf seine wienernde Sidoline am Herd. Die Perspektive hatte sich vollkommen gedreht. Und das hatte allein das Auto bewirkt. Allerdings hielt die Putzleidenschaft des Eifeler Familienvorstandes, das weiß ich aus eigener Erfahrung, nicht allzu lange vor. Ein paar Monate vielleicht. Bis ihm der Gedanke kam, dass Söhne nicht nur zum Brikettaufstapeln, Holzhacken und Setzkartoffeleinpflanzen mit Hühnermist zu gebrauchen waren. Von Natur aus fehlt dem erwachsenen Manne ja ohnehin das Putz-Gen komplett. Obwohl sich da in den vergangenen Jahrzehnten doch schon einiges geändert hat. Selbst in der Eifel. Heute hilft der Mann durchaus auch schon mal zumindest bei den Vorbereitungsarbeiten zum Hausputz. Zum Beispiel beim Einfeuchten der Klobrille.

Das ist möglicherweise auch der Grund dafür, dass mich recht oft, wenn ich im Bad vor dem Klo stehe, bei mir zu Hause, aber auch in fremden Wohnungen, dass mich dann so ein zutiefst nostalgisches Gefühl überkommt und komplett gefangen nimmt. Fast schon benebelt. Berauscht. Ein ganz ähnlich eindringlicher Duft steigt mir dann nämlich in die Nase – wie damals auf dem Pferdeschlittenbock direkt hinter Bello. Da ist sie dann für wenige Sekunden wieder ganz gegenwärtig – meine Eifeler Kindheit. Ungelogen. Nicht dass Sie denken, ich erzähle Ihnen hier was vom Pferd. Das ist die blank polierte Wahrheit. Und nichts als die Wahrheit. Ich schwöre es bei den Chrom-Zierleisten unseres Opel Rekord, Baujahr '62.

Das Maschinengewehr Gottes

Leider passt sich der Eifeler in seinem Verhalten mehr und mehr seinen Artgenossen in der zivilisierten Welt an. Augenfällig wird das schon bei der Kleidung. Früher stand es völlig außer Zweifel, dass der männliche Eifeler am Sonntag logischerweise seinen Sonntags-Anzug trug. Was sonst?! Und die Eifelerin trug sonntags ebenso selbstverständlich ihr Sonntags-Kleid. Was sonst?! Den Sonntagsanzug oder das Sonntagskleid, sagen wir, am Mittwoch zu tragen, wäre aus mindestens zwei Gründen völlig absurd gewesen. Erstens war am Mittwoch kein Sonntag. Bis auf ganz seltene Ausnahmefälle. Wenn nämlich zum Beispiel einer der beiden Weihnachtsfeiertage auf den Mittwoch fiel. Oder Neujahr. Oder Ostermontag. Was aber eher selten passierte. Und zweitens waren Sonntagsanzug und Sonntagskleid für einen ordinären Mittwoch einfach viel zu schade.

Heute laufen die Menschen ja werk- wie sonntags in ein- und demselben Einheits-Look durch die Gegend. Wenn es sonntags noch ein Hochamt gäbe, würden sie selbst da in Turnschuhen erscheinen. Sogenannten „Sneaker". Dazu Jeans. Die Welt ist ja heute ohne Jeans gar nicht mehr vorstellbar. Jeans, die globale Uniform. Dass auch Politiker sich immer öfter in Jeans quetschen, ist nicht weiter verwunderlich. Wem stünde eine Nieten-Hose schon besser zu Gesicht als einem Politiker?

Und zu den Jeans trägt man irgendwelche Anoraks oder Parkas. Auch am Sonntag. Die man früher bestenfalls aufm Trecker angezogen hätte. Beim Mistfahren an kühlen Tagen. Oder wenn es regnete. Und dass die Jeans bei vielen Eifeler Männern eine Bügelfalte haben, macht es nur noch schlimmer.

Gebügelte Jeans. Für mich genauso passend wie „Satisfaction" von den Rolling Stones als Wiener Walzer. Geht gar nicht. Ein Widerspruch in sich. Auf der sprachlichen Ebene sind solche In-sich-Widersprüche ja groß in Mode. „Minus-Wachstum" zum Beispiel. Was für ein horrender Blödsinn. Minus-Wachstum – wie soll das denn zusammengehen bitteschön?! Oder haben Sie schon mal eine Schrumpf-Erektion erlebt? Leider ja, werden jetzt die meisten Männer denken. Okay, ich kenne das auch. Aber der Begriff ist doch trotzdem unsinnig. Die Sprache verschludert ja generell immer mehr. Experten diesbezüglich sind Sportreporter. Nach deren Aussage bringt der Spitzenathlet beispielsweise gern mal „hundertzwanzig Prozent Leistung". Das ist sprachlich zweihundertachtzigprozentiger Schwachsinn. Aber auch im ganz normalen Alltag ist immer häufiger die Rede von der „opimalsten Lösung". Das ist „das einzigste", was zählt. Dass das ebenso schöne wie präzise Wort „anscheinend" nicht mehr vorkommt im deutschen Sprachgebrauch, will ich hier lieber gar nicht thematisieren. Sonst rege ich mich zu sehr auf. Das „Anscheinende", also „Offenbare" ist heute rein sprachlich immer das „Scheinbare". Bis in die Tagesschau-Nachrichten hinein. Alles ist scheinbar. Anscheinend ist anscheinend gestorben. Beziehungsweise scheinbar natürlich. Aber niemand scheint sich daran zu stören. Außer mir. Anscheinend. Oder sollte das nur scheinbar so sein? Oft trügt ja der Schein. Hängt sicher auch damit zusammen, dass immer weniger gelesen wird. Denn die guten alten Top-Schriftsteller brachten sprachlich meist hundertzwanzig Prozent. Mindestens. Die Lektüre von Thomas Mann zum Beispiel ist zugleich die denkbar optimalste Sprachschulung. Einem zeitgenössischen Politiker zuhören führt dagegen zu einem radikalen Minus-Wachstum in der sprachlichen Bildung. Früher! Ja, früher! Da zogen noch glänzende Rhetoriker durchs Land. Wie Pater Leppich! Das Maschinengewehr Gottes. Ein regelrechter Pop-Star. Ein Michael Jackson in Jesuiten-Kutte. Als der in Monschau sprach, platzte der Marktplatz aus allen Nähten. Das war noch ein Priester zum Anfassen. Okay, die haben wir heute auch. Aber in einem ganz anderen Sinne. Ich stand damals im Publikum und ließ die Wort-Salven des Pater Leppich auf mich herniederprasseln. Der Mann redete nicht um den heißen Brei herum wie unsere Politiker und Bischöfe heute. Nein, der sprach Klartext. Ein Satz hat mir besonders gut gefallen. Den habe ich mir gemerkt fürs ganze Leben: „Alle reden über Freiheit, aber die Freiheit, ein Schwein zu sein, ist doch keine Freiheit!" Genau, habe ich gedacht. Die Person, die mir dabei wie von selbst in den Kopf kam, möchte ich hier lieber nicht nennen.

Pater Leppich. Eine Ausnahmeerscheinung! Gradlinig. Ehrlich. Sauber. Wie eine Straßenrinne in der Eifel. Vor allem so sauber. Damals war es gang und gäbe, dass jeder die Rinne längs der Straße vor seinem Grundstück einmal wöchentlich sauber machte. Samstags wurde die Rinne gefegt. Zumindest in der Zeit von Frühjahr bis Herbst. Im Winter ging das ja nicht. Wegen der Schneemassen. Aber wenn zum Frühjahr ein Grashalm die Frechheit besaß, auch nur den Schimmer einer grünen Spitze in der Fuge zwischen zwei Rinnsteinen vorlugen zu lassen, hieß es sofort: Kartoffelmesser, marsch! Und der ungeheuerliche Störenfried wurde radikal ausgemerzt. Mit Stumpf und Stiel. Und nach Möglichkeit auch noch mit Wurzel. Was nicht immer in ganzer Konsequenz gelang. Weshalb die Woche drauf eine Fortsetzung der Ausrottungsarbeiten auf dem Plan stand.

Und damals hatte ja niemand kilometerlange Wasserschläuche mit Gardena-Kupplungen und tausend Aufsätzen zur Verfügung, die gab es nocht nicht. Und Kärcher hieß vielleicht der Bäcker oder der Metzger. „Kärchers Hermann-Jüpp". Der hatte aber mit Wasser und Hochdruck rein gar nichts am Hut.

Nein, beim Rinnekehren hatte man bestenfalls einen Eimer Wasser dabei. Um im Sommer, wenn es so schrecklich staubte, jeweils die nächsten zwei Meter Rinne mit ein paar Handvoll Wasser einzusprengen. Dann wurde mit dem dickborstigen Besen gefegt, was das Zeug hielt. Und so rückte man in Zweimeter-Etappen vorwärts. Ein sehr mühsames und zeitraubendes Unterfangen. Aber man verpasste ja nichts. Die Salve-Andacht fing erst um sechs Uhr abends an. Und Fernsehen gab es noch nicht. Obwohl der Eifeler in technischen Dingen dem Rest der Welt immer um mehrere Schritte voraus war. Ich erinnere mich noch, das muss so Mitte der sechziger Jahre gewesen sein, da sagte mein Opa statt „Eierbecher" schon „iPod". Aber beim Rinnefegen nützte das auch nichts. Weil es noch keine Kopfhörer gab. Jedenfalls war die Rinne am Ende des Fege-Aktes dermaßen sauber, da hättest du ohne weiteres draus essen können. Sogar ein Ei. Ohne iPod!

Jetzt wird sicher der eine oder andere Klugscheißer fragen: Wozu musste die Rinne denn so blitzeblank sauber sein? Was sollte das? Da kann ich nur antworten: Eine solche Frage ist genauso blödsinnig wie die, warum das Auto jeden Samstag auf Hochglanz poliert werden muss. Das ist eben so. Naturgegeben. Wie die Eifersucht bei der Frau. Auch naturgegeben. Eine Frau ist ja von Natur aus viel, viel eifersüchtiger als ein Mann. Ein Fehler der Schöpfung. Da muss ganz am Anfang irgendwas schief gelaufen sein. Schon Eva im Paradies war wahnsinnig eifersüchtig. Es ist überliefert, dass sie jeden Abend, wenn Adam vom Feld nach Hause kam, dessen Rippen zählte. Vor lauter Eifersucht. Man kann ihr keinen Vorwurf machen. Das war, wie gesagt, naturgegeben. Wie die Autowäsche am Samstag.

Ein Auto ist aus Sicht des Mannes in erster Linie nun mal zum Putzen da. In zweiter Linie zum Angeben. Und in dritter Linie, damit man, wenn es im Stau regnet, nicht nass wird. Und in vierter Linie zum Fahren. Und eine Rinne ist noch mehr als ein Auto zum Putzen da. Warum? Weil eine Rinne gar nicht in der Lage ist zu fahren. Nicht mal in vierter Linie. Sowas nennt man Logik. Und wo ist die Logik seit Adam und Eva zu Hause? Richtig: In der Eifel. Auch wenn das draußen in der Welt so gut wie unbekannt ist. Das wusste nicht mal Pater Leppich. Der hätte übrigens sone Rinne in Nullkommanichts blitzeblank sauber gehabt. Kein Grashälmchen mehr zu sehen. Wenn der nur zwei, drei Sätze die Rinne runter abgefeuert hätte. Pater Leppich, der Kärcher Gottes.

Beim Friseur

Was ich als Kind total ungerecht fand: Die Mädchen brauchten nicht zum Friseur. Die kriegten ihre Zöpfe geflochten. Ein Blümchen-Spängchen mit Gummi unten ans Ende eines jeden Zopfes. Oben auf den Kopf ein paar Klämmerchen. Sonntags ne riesige rosa Schleife. Das war's!

Ich kenne mich da bestens aus. Wir waren ja siebzehn Kinder zu Hause. Davon fünfzehn Mädchen. Kaum einer auf der ganzen Welt kann Zöpfe so perfekt flechten wie ich. Da bin ich ziemlich sicher. Ich habe heute noch fünf Barbies bei mir im Bastelkeller im Werkzeugschrank versteckt. Nur, um da sonntags heimlich Zöpfe dran zu flechten. Andere horten ihre Alkoholvorräte im Bastelkeller. Ich meine Barbies. Jedem das Seine.

Irgendwann rutschte ja immer schon mal so ein Spängchen runter. Der Zopf begann, sich zu entflechten. Und dann hieß es sofort: „Kannste mir mal nen Zo-hopf ...?"

Das Verb zu verschlucken, war bei Kindern auch damals schon üblich. Auch dieses anschließend herzzerreißende „Bötteeee ...!". Mit entsprechendem Augenaufschlag. Das liegt bei Mädchen offenbar in den Genen. „Kannste mir mal nen Zo-hopf? Bötteeee ...!"

Nun haben Menschen ja sehr unterschiedlich dicke Haare. Und Zöpfeflechten macht um so mehr Spaß, je dicker die Haare. Man musste als Junge allerdings schwer aufpassen, dass die gleichaltrigen Geschlechtsgenossen einen beim Zöpfeflechten nicht erwischten. Ein Zöpfeflechter, das war damals sowas wie heute ein Warmduscher, ein Brötchen-über-der-Spüle-Aufschneider oder ein Bin-ich-schon-drin-Frager. „Kick, do

könnt der Zöpfeflechter!" Dieser Satz stempelte dich praktisch für mindestens ein halbes Jahr zum Leprakranken unter den gleichaltrigen Jungs. Da brauchte es beim Fußballspielen schon mehrere brutale Blutgrätschen mit mindestens einem Schienbeinbruch. Um aus diesem Image-Loch wieder rauszukommen.

Die Mädchen hatten übrigens, wenn es um die gegenseitige Verunglimpfung ging, einen ganz eigenen „Sprech". Mit dem ich schon damals absolut gar nichts anfangen konnte. Das schlimmste Schimpfwort, das es von Mädchen zu Mädchen gab, war „Doofes Weib in Butter gebraten!" Sofort fing die Angegiftete an zu heulen wie die Feuerwehrsirene persönlich. Und wenn Mama dann genervt aus dem Küchenfenster rief „Was ist denn jetzt schon wieder los?!", ertönte hundertprozentig aus irgendeiner Ecke der spitze Ruf „Die hat angefangen!"

Fünfzehn Schwestern sind für einen Bruder echt aufregend. Um es mal wohlwollend auszudrücken. Es gab dabei durchaus spürbare Sympathie-Abstufungen. Von Schwester zu Schwester. Aber auch, was die Spielarten des freizeitlichen Miteinanders anbelangte. Zöpfeflechten fand ich beispielsweise um Welten angenehmer als beim Seilchenspringen mitzumachen: „Kannste mal in die Mitte! Bötteeee ...!" Die Königsdisziplin war mit zwei Seilen! Zwei Mädchen wirbelten gleichzeitig zwei Seile aus meiner Sicht total verquer durch die Luft. Und eine dritte Mitspielerin lief von der Seite rein. Und schaffte es, fortlaufend hüpfend, tatsächlich, eine Kollision mit den Seilen zu vermeiden. Und das oft auf Minuten hinaus. Echt zirkusreif. Dazu wurden im Rhythmus des Springens von allen Dreien im Chor äußerst sinnträchtige Sprüche skandiert. Von der Springerin zunehmend außer Atem. Eins scheint mir jedenfalls unbestreitbar: Der Rap hat seine Wurzeln keinesfalls bei den wild um sich ballernden schwarzen Gangstern in der Bronx. Sondern im artistischen Seilchenspringen der blondgeflochtenen Mädchen in der Eifel. Vielleicht nennt man dieses westwindgestählte Biotop unter Soziologen ja auch deshalb „die Bronx Europas".

Und statt Tattoos auf der Haut hatten die Eifel-Mädchen eben ihre neckischen Blümchen-Spängchen in den Zöpfen. Wenn Eminem von alledem Kenntnis hätte, würde er sich vermutlich in einer Mischung aus Entsetzen, Enttäuschung und Neid ab sofort Roy Black nennen und im Musikantenstadl auftreten.

Die knallharten Verse des bekanntesten Seilchenspringer-Raps habe ich heute noch im Kopf. Man hörte sie im Sommer ja täglich mindestens dreitausend Mal: „Teddybär, Teddybär, dreh dich um, Teddybär, Teddybär, mach dich krumm, Teddybär, Teddybär, auf einem Bein, Teddybär, Teddybär, bau ein Haus, Teddybär, Teddybär, zeig dein' Fuß, Teddybär, Teddybär, lauf nach Haus, Teddybär, Teddybär, wie alt bis du ..." An der Stelle wurde das Alter der Springerin durchgezählt. „Eins, zwei, drei, vier, fünf, sechs, sieben, acht ..." Dann wurde gewechselt. Ein technisch höchst anspruchsvolles Manöver! Rausspringen, ohne vom Seil berührt zu werden. Die beiden Seilenden einer der Schwingerinnen übernehmen. Und die dort Abgelöste musste nun rein zum Hüpfen. Dann ging's wieder los: „Teddybär, Teddybär ..." Tja – man kann das sehen, wie man will. War aber allemal förderlicher für Geist und Körper als ununterbrochen simsen, chatten und komasaufen.

Dieses Seilchenspringen sah so leicht und selbstverständlich aus. Aber wenn ich da aushilfsweise auf mehrfaches Bitten

(„Bötteeee ...!") schon mal reinsprang, dauerte es keine zwei Sekunden – und ich gab ein ähnlich jämmerliches Bild ab wie eine bedauernswerte Fliege, die sich im Spinnennetz verheddert hat.

Noch demütigender war eigentlich nur dieses Abgreifspiel mit Wollfäden. „Kannste mal abnehmen! Bötteeee ...!" Wir hatten nur einen Jungen im Dorf, der das konnte. Der hat später dann auch Bratsche gelernt. Und ist zum Ballett gegangen. Ich glaube, der hieß Udo Walz. Und ist schließlich mit seinen Eltern nach Berlin gezogen. Was aus dem geworden ist, weiß ich nicht.

Aber wir Jungs, das wollte ich eigentlich erzählt haben, mussten alle vier Wochen zum Dorf-Friseur. Heckelspittere Rudi! Der war eigentlich Bauer. Hatte sechsunddreißig Kühe. Und kam immer direkt aus dem Stall in seinen Friseursalon. Die Stevvele und ett blohlinge Kamesohl noch an. Und die Kapp natürlich auch noch auf. Iss ja klar!

Ich muss sagen: Wenn ich heute zum Friseur gehe, fehlt mir grundsätzlich, neben den meisten meiner Haare, dieser intensive Stallgeruch. Manchmal denke ich bei mir: Es müsste so ein Stall-Spray geben. Damit der Eifeler sich beim Friseur auch wohl fühlen könnte. Aber auf so eine geniale Idee kommt ja nicht mal Karl Lagerfeld. Warum? Weil er nicht in der Eifel groß geworden ist. Das merkt man schon an seinem Sprech-Tempo.

Und dann war unser Friseur, Heckelspittere Rudi, vor allem eins: Neugierig! Jedesmal, wenn auf der Straße einer vorbeiging, klopfte er mit dem Kamm auf die Schere. Guckte intensiv raus und sagte: „Wäh öss datt dann ...?" Und es kamen oft Leute vorbei. Das Rausgucken hielt Rudi übrigens keinesfalls davon ab, währenddessen weiterzuschneiden. Entsprechend sah man hinterher aus. Man ging, heute würde man sagen, doch mit allerhand seriellen Schnittstellen am Hinterkopf nach Hause. Daher kommt, glaube ich, auch der Eifeler Standardspruch nach dem Friseurbesuch: „Böss du de Trapp eraav jefalle?“ Aber was war das schon gegen die Höllenqualen einer Dauerwelle?! Bis heute verstehe ich nicht, wie eine Frau sich freiwillig und ohne jede Narkose mit ihrem Kopf unter so eine Guantanamo-Grill-Glocke pferchen lassen konnte. Um sich bei sechshundert Grad Celsius diese säuregetränkten Rollen in die Haare einätzen zu lassen. Meines Wissens hat man genau mit diesem Verfahren später auch den Betonmantel über dem explodierten AKW in Tschernobyl fixiert und eingebrannt.

Das bringt mich zu der Frage: Was hätte wohl einer Atombombe eher standgehalten? Die Dauerwelle? Oder das Korsett? Wie es die Eifeler Frau noch in den fünfziger und sechziger Jahren unten drunter trug. Eine Art legitimer Nachfolger der mittelalterlichen Ritterrüstung. Gottseidank musste diese Frage nie unter realen Bedingungen überprüft und beantwortet werden.

Nun lässt sich heute rückblickend leicht spotten. Aber ich finde: Nicht alle alten Zöpfe, die abgeschnitten worden sind, haben das auch verdient. Manches hatte durchaus seinen ganz eigenen, besonderen Liebreiz. Es gibt Abende, da sitze ich verträumt in meinem Bastelkeller, eine Barbie auf dem Schoß, und dann wird mir gelegentlich schon recht schwummerig zumute. Und warm ums Herz. Und manchmal ist mir, als dringe mit einem Mal, erst dumpf und kaum hörbar, dann zunehmend näher und vernehmlicher, wie aus dem fernen Nichts der Satz an meine Ohren: „Kannste mir mal nen Zo-hopf! Bötteeee ...!“

Muttertag

Der Muttertag ist heute selbst in der Eifel reiner Kommerz geworden. Genau wie Weihnachten. Von Herzen kommt doch da kaum noch was.

Früher kannten wir nicht mal das Wort „Kommerz". Fremdwörter gab es allenfalls im Zusammenhang mit der Kirche. Wie zum Beispiel das „Kommfiteor". Das jeder Messdiener drauf haben musste. Keiner verstand, was er da vorm Altar runterbrabbelte. Aber in der Kirche geht es ja bekanntlich um Glauben. Und nicht um Verstehen. Das ist bis heute so geblieben. Oder das „Kommelionsfest". Auch eins von diesen kirchlichen Fremdwörtern.

Muttertag hatte für uns aber weder was mit Kommerz zu tun, noch mit irgendeinem anderen Fremdwort, das wir nicht kannten. Muttertag war eine ganz natürliche Sache des Herzens. Und so wurde er auch begangen.

In jenem einen Jahr war der Muttertag besonders ergreifend. Ich war schon im zweiten Schuljahr. Ich erinnere mich noch ganz genau. In aller Herrgottsfrühe sprangen wir Kinder aus dem Bett. Noch vor Mama. Es war ja ihr Tag! Mamas großer Glückstag! Muttertag! Ran an die Küchenschränke. Und schon nach wenigen Sekunden schepperte es erstmalig vor purem Glück. Denn Scherben bringen bekanntlich genau das. Glück! Neben der Meißner Kaffeekanne hatten wir aber gottseidank noch ein zweite. Wie die Heinzelmännchen wuselten wir behend durch die Küche. Und kochten und backten. Verzierten und schmückten. Dass die sieben Zwerge bei dem Anblick vor Neid schier erblasst wären. Und Schneewittchen gleich mit. Während ich noch mit Hammer, Meißel, Kehrblech und Handfeger, dem sogenannten „Quespel", unseren selbstgebackenen „Rodong"-Kuchen von seiner äußeren, tiefschwarzen Brandschicht befreite, war Schwesterchen Gertrud schon auf leisen Sohlen unterwegs, um Mama den Kaffee ans Bett zu bringen. Denn es war ja ihr Tag! Mamas großer Glückstag! Muttertag! Jetzt mal unter uns: Mama wäre garantiert auch bald wach geworden, wenn Gertrud, unser warmherziges „Drücksche", nicht über die Bettumrandung gestolpert wäre. Ich fand die drei Läufer ums elterliche Doppelbett herum übrigens immer schon eine Katastrophe. Scheußlich. Allein schon farblich. In Kaffebraun gefiel mir der eine jedenfalls erheblich besser. Und roch auch angenehmer. Und ganz ehrlich: Der letzte Schwall heißen Kaffees hätte schließlich auch, statt auf Mutters Arm, in ihrem Gesicht landen können. Es war eben, genau, Mamas großer Glückstag. Gar keine Frage! Muttertag! Ich hatte in der Zwischenzeit mit viel Puderzucker und Wasser einen zähen Brei angerührt. Um den Rodong damit trotz abgemeißelter Kruste auf hochappetitlich zu spachteln. Da kam mir die Erfahrung zugute, die ich erst kurz vorher gesammelt hatte, als ich zusammen mit Papa die abgebröckelte Kellerwand neu verputzen musste. Das Ergebnis meines Rodong-Makeups konnte sich wirklich sehen lassen. Ich fand sogar noch einen Rest von diesem bunten Zuckerstreusel, den wir zu Weihnachten immer aufs Spritzgebäck streuten. Über den noch feuchten Zuckerguss drüberrieseln lassen – der Rodongkuchen war anschließend echt ein Augenschmaus. Und das Auge isst ja bekanntlich mit. Die Zähne allerdings auch. Was jedoch nicht mehr zum Tragen kam.

Der Reihe nach: Anneliese war inzwischen zurück. Mit dem taufrisch gepflückten Löwenzahn von unserer Hühnerwiese.

Was mich persönlich am Muttertag von Anfang an am meisten beeindruckt hat, war dieser leuchtend grün-gelbliche Kranz, den die nassen Löwenzahnpflanzen auf dem blütenweißen Tischtuch hinterließen. Rund um Mutters Teller herum. Wunderbar! Aber sie hatte es auch wirklich verdient. Schließlich war es ihr Tag! Mamas großer Glückstag! Muttertag!

Und als Mama dann mit verbundenem Arm erschien, mit diesem ganz speziellen Muttertagslächeln um die Lippen, und unser Nesthäkchen, das kleine, niedliche Sabinchen, mit den süßen Grübchen in den dicken Ärmchen und den vor Erregung an diesem Tag besonders roten Pausbäckchen, unser herzallerliebstes Sabinchen mit den blonden Engelslöckchen, „krolle Hohr, krolle Senn", sagte Mama immer, wenn das Zuckerschnütchen mal wieder mit dem Kopf durch die Wand wollte, als unser heißgeliebtes Sabinchen anhub zu seinem anrührenden Muttertagsgedichtchen „Ich bin ein kleines Stümpchen, und esse gerne Klümpchen. Ihr dürft mich nicht auslachen, nächstes Jahr will ich es besser machen!", da waren wir anderen alle so gerührt, dass wir vor lauter Ergriffenheit gar nicht mitkriegten, wie die brennende Kerze umfiel. Ganz spontan folgte die so liebevoll zusammengebastelte Festtags-Deko unseren Gefühlen – und war in Nullkommanichts Feuer und Flamme. Okay, das Tischtuch mit dem eingeätzten Löwenzahnkranz wäre vermutlich eh nicht mehr zu gebrauchen gewesen. Trotzdem war es ein Glück, dass Papa schon nach wenigen Sekunden mit einem Eimer Wasser herbeiraste. Kam auch dem Rodong zugute, der, wenn ich ehrlich bin, wirklich viel zu trocken geraten war. Schade war's nur um den Puderzucker-Außen-Putz. Und die bunten Streusel. Wo Papa den gefüllten Wassereimer so schnell hergezaubert hatte, weiß ich bis heute nicht. Mit einer solch dramatischen Entwicklung ausgerechnet am Muttertag konnte schließlich niemand rechnen. Auch Papa nicht. Wo wir Kinder doch alles fest im Griff hatten.

Mama sagte während der Brand- und Lösch-Aktion rein gar nichts. Kein einziges Wort. Vermutlich hatten ihr unsere liebevollen Aktionen einfach die Sprache komplett verschlagen. Ihr Muttertagslächeln war für einen Moment sogar noch etwas spezieller geworden. Hatte ich den Eindruck. Der Verband an ihrem Arm hatte übrigens wie durch ein Wunder kein Feuer gefangen. Es war eben in allen Belangen ein ganz, ganz besonderer Tag des Glückes.

Und so blieb es auch in den folgenden Jahren. Mama war jedesmal völlig sprachlos. Und hatte auch jedesmal dieses ganz spezielle Muttertagslächeln um die Lippen. Auch wenn es in dem einen oder anderen Jahr mal nicht brannte. Selbst dadurch ließ sie sich nicht aus der Ruhe bringen. Kein bisschen. Warum auch? Es war schließlich ihr Tag! Mamas großer Glückstag! Muttertag.

Das Blitzventil

Heute ist ja technisch alles möglich. Fast alles. Das war früher anders. In der Eifel sowieso. Dafür war vieles aber irgendwie pfiffiger. Origineller. Lustiger auch.

Ich meine die Zeit, als man am Auto noch keinen Blinker hatte. Sondern einen „Winker". Ganz am Anfang hatte man nicht mal den. Wenn man abbiegen wollte, kurbelte man, per Hand, das Fenster runter. Hielt den Arm raus und bewegte diesen, möglichst gestreckt, auf und ab. Das war zumindest im Hellen nicht zu übersehen. Beim Rechtsabbiegen brauchte man schon eine außergewöhnliche Gelenkigkeit. Oder einen Beifahrer.

Die nächste Stufe des technischen Fortschritts war ein länglicher, rot-orange-farbener Plastikstab. Vom Material her wie das Katzenauge am Fahrrad. Links und rechts jeweils versenkt in dem Holmen zwischen dem kleinen Dreiecks-Ausstellfenster und der großen Seitenscheibe. Dieser Stab wartete in seinem Versteck nur darauf, vom Fahrer per Drehschalter aktiviert zu werden. Immerhin schon elektrisch. Und dann winkte der Zauberstab unablässig auf und ab. Ein „Winker" eben, wie gesagt. Von künstlichem, also elektrischem Licht nicht die Spur. Das Ganze funktionierte auf dem reinen Reflektionsprinzip. Der „Winker" reflektierte das Licht der Scheinwerfer des entgegenkommenden Fahrzeugs. Und wenn keiner entgegenkam, gab es schließlich auch gar keinen Grund, das Abbiegen anzuzeigen. Und der Hintermann konnte ja die Bremslichter erkennen. Wenn sie funktionierten. Autofahren war damals eben noch ein Abenteuer.

Ich hatte noch einen Käfer mit geteiltem Heckfenster, logisch. Und mit einem Knöpfchen zum Starten. Den

Zündschlüssel gab es schon auch. Den stecktest du ins Zündschloss, drehtest einmal nach rechts – und drücktest dann auf so ein weißes Knöpfchen direkt daneben. Sah aus wie ein Perlmuttknopf an Mamas Sonntagsbluse. Und schon sprang der Motor an. Und ein Gaspedal hatte das Fahrzeug auch nicht. Sondern ein Gas-Röllchen. Wunderbar! Da waren Verwechslungen zwischen Brems- und Gaspedal völlig ausgeschlossen. Weil es ja eben kein Gaspedal gab. Sondern ein Gas-Röllchen. Alles sehr intelligent durchdacht.

Und was ich nie verstanden habe: Warum man den Reservetank abgeschafft hat. Wenn der Käfer anfing zu stottern, weil das Benzin zuende ging, legte man mit dem Fuß unten links neben der Kupplung einen Hebel um. Dann ruckelte es noch etwa zehn, zwanzig Meter. Und schon war der Reservetank freigeschaltet. Und wieder Sprit in der Leitung. Noch fünf Liter. Also für etwa hundert Kilometer. War doch super! Obwohl es damals grundsätzlich nur „Normal" gab. Das aber nicht so hieß. Sondern einfach nur „Benzin". Fertig. Der Auf- und Abblendschalter war ebenfalls im Fußraum. Zum Draufdrücken. Ganz simpel. Hatte man die Hände frei zum Rauchen, für ein Schlückchen aus dem Flachmann – oder auch für die Beifahrerin. Herrliche Zeiten! Und erst der Blumenvasenhalter am Armaturenbrett. Das hatte noch Charme! Brachte den Frühling unmittelbar ins Auto. Pollenallergie – gar kein Thema! Nicht mal das Wort gab es. Heute weiß man ja: Wenn Kinder nur ordentlich viel Dreck fressen, ab und zu mal ein Schlückchen Jauche zu sich nehmen, und nur zu Weihnachten gebadet werden, das ist die ideale Vorbeugung gegen Allergien aller Art. Und in all den erwähnten Vorbeugungspunkten waren die Eifeler Kinder ganz weit vorn.

Oder nehmen Sie die Autoheizung. Die kannst du heute auf ein hundertstel Milligrad genau einstellen. Früher dagegen funktionierte die Heizung im Winter meist gar nicht. Deswegen sind wir Eifeler auch alle so wahnsinnig abgehärtet. Dafür bullerte sie im Sommer auf Teufel komm raus. Und du fandest auch keinen Weg, sie abzustellen. In der Autowerkstatt zuckte man nur mit den Schultern: Alte VW-Krankheit! Heute würde man sowas „antizyklisches Verhalten" nennen. Wir sagten damals „Finge Dröss!". Das beschrieb den Sachverhalt zweifellos um einiges präziser. Und da eins der größten Talente des Eifelers darin besteht, sich selbst an extremste Umstände in kürzester Zeit anzupassen, wie es, so weit mir bekannt, weltweit keiner anderen Spezies gelingt, erkennt man den Eifeler heute am besten in der Sauna. Bei fünfundneunzig Grad nach dem dritten Aufguss drohen selbst hartgesottene Finnen in der achtundvierzigsten Generation in ihrem eigenen Schweiß zu zerfließen. Und wenn dann einer ganz hoch oben ebenso cool wie mitleidig lächelnd sitzt, keine einzige Schweißperle am ganzen Körper, im Gegenteil: die Haut nusstrocken wie ein Saharawind, Ruhepuls Achtunddreißig, ein Teint wie Nicole Kidman nach sechzehn Stunden Schlaf – dann können Sie Ihr gesamtes Vermögen risikolos darauf wetten: Ein Eifeler! Garantiert! Eine Spätfolge der Heizung im VW-Käfer. Die wirkte natürlich auch außerhalb der Eifel – vollkommen richtig. Aber nur der Eifeler brachte, wie es scheint, die genetischen Voraussetzungen mit, sie körperlich folgenfrei zu verarbeiten. „Akklimatisierung" nennt das der Fachmann, glaub ich.

Den Satz „Mit Gurt wär das nicht passiert!" hörte man damals nur ganz selten. Warum? Weil der Sicherheitsgurt der

Pollenallergie absolut ebenbürtig war. Es gab nicht mal den Begriff. Und dass Alkohol am Steuer nicht unbedingt zur Steigerung der Verkehrssicherheit beiträgt, ahnte man zwar, war aber eher ein Thema für Stammtischwitze. Über die der Dorfpolizist am lautesten lachte. Saß ja mit am Stammtisch. Achtete aber streng darauf, dass er seiner Vorbildfunktion gerecht wurde. Wenn er um halb eins nach Hause fuhr, hatte er selten mehr als fünfzehn Bier intus. Er setzte einfach jede zweite Runde aus. So kriegte er das hin. Hart, aber er war nun mal der Meinung, das sei er seinem Job schuldig. Weicheier gab es eben auch damals schon. Selbst in der Eifel.

Aber der technische Fortschritt lässt sich ja nicht nur am Auto festmachen. Es schüttelt mich heute noch, wenn ich daran denke: Vor Freude hätte ich schier zerplatzen können, als ich an jenem unvergesslichen Weihnachtsfest ein Fahrrad mit Torpedo-Dreigang-Nabenschaltung kriegte! Ein blaues Rad mit Paket-Träger. Wir sagten „Kapätt-Träjer". Das hatte sich so eingebürgert. „Paket-Träger" hätten wir für einen so abartig falschen Begriff gehalten, dass wir ihn allenfalls aus dem Munde eines Mädchens akzeptiert hätten. Da musste man ja mit allem rechnen. Die Reifen waren von „Continental". Hier lag die Eifeler Betonung auf dem, wohlgemerkt langen, „i". Das war ebenfalls sonnenklar und duldete keinen Widerspruch. Contieeenental! Man hätte schließlich auch nie im Leben gesagt: „Wir haben heute mit der Klasse eine Wanderung gemacht. Ins Grünentaaal! Mit der Betonung auf dem „a"! Was für ein Schwachsinn. Nein, wir waren im Grüüünental. Betonung auf „ü". Wenn auch zu Fuß. Und nicht mit unseren Rädern mit Reifen von Contieeenental.

Felgenbremsen – ja, gab's schon. In der Tour de France.

Hatten wir gehört. So weit müssen die damals schon gewesen sein. Gedopt wurde allerdings noch mit Rotwein. Was zur Folge hatte, dass auch schon mal eine ganze Gruppe von Tour-Fahrern nach ausgiebiger Pause in die falsche Richtung wieder losgefahren war. Das hatte ich im Tchibo-Heftchen gelesen. Also musste es ja wohl stimmen. Und ich meine, Rudi Altig hätte das später auch bestätigt. Vielleicht war es aber auch Hennes Junkermann. Wir Eifeler Jungs tranken jedenfalls beim Radfahren statt Rotwein Himbeersaft. Drei Tropfen auf einen Liter Wasser. Und wir hatten statt je zwei Felgenbremsen vorn und hinten auch nur eine einzige Vorderradbremse. Zusätzlich zum Rücktritt. Das reichte. Die Vorderradbremse drückte einen massigen Gummi-Bremsklotz zentral mittig von oben auf den Contieeenental-Reifen. Wenn man nicht aufpasste, und der Gummiklotz war schon bis auf Null abgerubbelt, konnte es passieren, dass die scharfen Metallkanten des Bremsklotzhalters den Reifenmantel aufschlitzten. Was aber durchaus auch eine nicht unerhebliche Bremswirkung erzielte. Bremsen durch Stürzen. Die Knie übernahmen dabei die Funktion des Bremsklotzes.

Das technische Prunkstück war aber die Torpedo-Dreigang-Nabenschaltung. Die funktionierte in der Regel maximal vierzehn Tage. Dann riss entweder das Zugkabel am Schalthebel auf dem Lenker – oder an der Nabe des Hinterrads. Wo das Kabel über so ein kleines Kettchen eingeschraubt wurde. Und genau da hakte es oft. Mit der Folge: Sowohl der erste, also der leichteste, wie auch der zweite Gang versagten ihren Dienst. Und es ging nur noch der dritte. Der schwerste. Der ging immer. Auch ohne Schaltung. Zum Training der Wadenmuskulatur war der ideal. Wer schon mal im dritten Gang die fünf Kilometer lange Siebenundzwanzig-Prozent-Steigung von der Höfener Mühle hoch nach Kalterherberg gefahren ist, weiß, was ich meine. „Was willst du auch in Kalterherberg, du Blödmann!", hätte man früher gesagt. „Selber schuld!"

Wenn ich dagegen die heutigen Fahrräder sehe: Shimano, vierundzwanzig Gänge, alles funktioniert reibungslos. Ja, damit wäre auch meine Oma locker von der Höfener Mühle hoch nach Kalterherberg gefahren. Freihändig. Gemütlich ne Asthma-Zigarette paffend. Wenn man ihr fünf Mark gegeben hätte! Irgendeinen Grund hätte sie ja haben müssen, ausgerechnet nach Kalterherberg zu radeln.

Und inzwischen gibt es ja sogar Fahrräder mit Hilfsmotor. Elektroräder. Sogenannte „E-Bikes". Ich bin der Meinung, da kann man auch gleich mit dem Taxi fahren.

Bevor wir Eifeljungs Rad fuhren, fuhren wir Tretroller. Mit Ballonreifen. War schon ein kleiner Fortschritt gegenüber Hartgummireifen. Dann kamen aber eines Tages ein paar Schlaumeier, die hatten Roller mit soner Kippvorrichtung auf dem Tretbrett. Da standest du mit beiden Füßen drauf und wipptest immer auf und ab. Hin und her. Ohne den Straßenboden überhaupt auch nur mit einem Fuß zu berühren. Da war dann im Inneren ein Mechanismus, der den Roller antrieb. Ich vermute, sowas Ähnliches wie bei der sogenannten Draisine auf Schienen. Das sieht ja auch total behindert aus. Wenn da irgendwelche fettleibigen Schwachköpfe mit hochroten, schweißtriefenden Visagen einen Hebel abwechselnd auf- und abwuchten. Und das Ding mittels ihrer Muskelkraft über die Schienen sausen lassen, während die Gattinnen nebst Freundinnen es sich bei zwei, drei Kisten Prosecco auf dem Gefährt gemütlich gemacht haben. Dabei unablässig kreischen und dreitausend Digi-Fotos pro Sekunde schießen. Und der erste, der bei uns im Dorf die Torpedo-Dreigang-Nabenschaltung noch toppte, war natürlich Flammesse Bernie. Das lag bei denen in der Familie. Schon sein Vater Kunibert hatte es sich auf die Fahnen geschrieben, immer an der Spitze des Fortschritts zu marschieren. Der war beispielsweise der erste im ganzen Kreis, der beim Leichtathletik-Sportfest zum Hundertmeterlauf mit Startblöcken antrat. Unglaublich! Normalerweise buddelte man sich zwei Löcher in den Boden. Zwei „Kuhlen". Da kamen die Füße rein. Und ab dafür. Nein, Flammesse Kunibert kam eines Tages mit Startblöcken! Aus Holz! Eine Sensation! Startblöcke aus Holz! Die er mit vier riesigen Nägeln im Gras festklopfte. Eine Aschenbahn hatten wir ja nicht. Die hundert Meter wurden auf Gras gelaufen. Die Eifel war sozusagen das Wimbledon des Hundertmeterlaufes.

Und mit diesen Startblöcken war er natürlich der King! DIE Attraktion schlechthin! Beim Laufen wurde er dann bei acht Teilnehmern mit knappem Vorsprung Siebter. Wenn's gut lief für ihn! Aber er hatte Startblöcke! Aus Holz! Wen kümmerte da noch die Zeit? Wir Kinder waren voller Bewunderung. Erst recht, als er uns vor dem Lauf erzählte, wir sollten mal aufpassen, gleich beim Start käme hinten aus den Startblöcken ein Flämmchen, das seinen Start natürlich beschleunigen würde. Denn der Läufer tendiere instinktiv dazu, sich möglichst schnell vom gefährlichen Feuer zu entfernen. Das sei das Prinzip. Ich wusste zwar nicht, was er mit „instinktiv" meinte, habe aber jedesmal ganz genau hingeguckt. Und nie auch nur ein winziges Flämmchen gesehen. Was seiner Berühmtheit aber keinerlei Abbruch tat. Wir Jungs nannten Bernies Vater fortan „Ett Flämmsche"! „Kick, do kött ett Flämmsche!"

Und Bernie, des Flämmchens Sohn, das wollt ich ja eigentlich erzählen, der kam eines Tages auf seinem Fahrrad angeradelt, selbstverständlich Torpedo-Dreigang-Naben-Schaltung. Und verkündete stolz: „Ich hab Blitz-Ventile!" Er versuchte, uns die Dinger zu beschreiben. Wir glaubten ihm kein Wort. Er hat dann extra die Luft aus einem Reifen rausgelassen. Und tatsächlich: Ein Ventil ohne das sonst übliche Ventilgummi, das ja wie ein Präservativ über das untere Ende des Ventils gestülpt war – und so verhinderte, dass die eingepumpte Luft aus dem Schlauch wieder rauskam. Und zugleich das Pumpen wahnsinnig schwer machte. Weil man ja bei jedem Hub erst mal dieses stramm sitzende Gummi wegpusten musste. Wenn überhaupt die Luftpumpe ausnahmsweise mal funktionierte. Das mit Abstand Stabilste an so einer Luftpumpe war der Holzgriff. Gar kein Zweifel. Alle anderen Teile waren regelmäßig im Eimer.

Und beim Blitzventil fehlte nun dieses Präservativ. Stattdessen funktionierte das irgendwie mit einem Kügelchen. Machte das Pumpen jedenfalls pippileicht. Der Schritt hin zum Blitzventil – ein zivilisatorischer Quantensprung mindestens wie der von der Brieftaube zur E-Mail. Das ahnten wir damals schon. Obwohl selbst Bernies Vater noch keine E-Mail hatte. Weder mit, noch ohne Flämmchen.

Bei unserer Rundfahrt einmal Hauptstraße hoch, Triftstraße runter und wieder zurück bis zur Kirche war Bernie regelmäßig abgeschlagen im unteren Drittel des Zeit-Tableaus zu finden. Ferner liefen. Aber mit den Blitz-Ventilen war er trotzdem schlagartig der absolute King! Ein Sohn seines Vaters!

Das wurmte die anderen natürlich enorm. Mich eingeschlossen. Ich weiß noch: Die ganzen Sommerferien habe ich

Alteisen gesucht. Wenn nämlich der „Eiiiiiisen-äääh-Lumpääääähn!"-Mann mit seiner Glocke durchs Dorf kam, konnte man bei dem sein gesammeltes Eisen für ein paar Groschen verkloppen. Der erschien so alle drei, vier Wochen. Und dann, das verfolgte mich fortan Tag und Nacht, würde ich mir von dem Erlös zwei Blitzventile kaufen. Leider fand ich aber auf die Schnelle bei weitem nicht genug Alteisen. Und konnte erst ein ganzes Jahr später zuschlagen. Da hatten aber alle anderen längst ihre Blitzventile. Und als ich meine dann endlich auch hatte, lohnte es sich gar nicht mehr, überhaupt noch darauf hinzuweisen. War kein Blumenpott mehr mit zu gewinnen. Außerdem war Bernie längst auf dem nächsten Level angelangt. Er hatte sich inzwischen ein Dreiklanghorn an den Lenker montieren lassen. So ein „Pieep-pööp-paaaaahp!". Wie die allerersten Autos zu Zeiten von Carl Benz und Gottlieb Daimler das auch gehabt haben. Mit drei schwarzen Gummiballons zum Draufdrücken. Für jeden Ton einen. Heute würde man sagen: Eine Dreiklang-Fahrrad-Vuvuzela. Und ich hatte immer noch meine pisselige, verrostete Klingel. Und davon hatte mir auch noch jemand den Deckel geklaut.

Das Leben kann ganz schön hart sein. Selbst in der Eifel. Selbst mit Blitzventil.

De Jeroschiene

Wir hatten früher den ganzen Sommer über rund ums ganze Haus, und längs des Gartenzauns auch noch, ja, sogar um den Schuppen rum, dichte Reihen von „Jeroschienen". Das war das Sommer-Hobby unseres Vaters. Jeroschiene. Eigentlich heißen die „Dahlien". Ein Wort, das mir als Kind aber völlig fremd war. „De Jeroschiene" – so hießen die eben bei uns im Dorf. Fertig! Ich bin der Sache später mal auf den Grund gegangen. Es gibt da wohl zwei verantwortliche Botaniker aus dem achtzehnten Jahrhundert. Einmal den Schweden Andreas Dahl. 1751 geboren. Und dann noch J.G. Georgi. 1729 im russischen Petersburg geboren. Und nach letzterem wurden die heutigen Dahlien eben am Anfang auch „Georginen" genannt. Das wurde, obwohl der Mann Russe war, eher französisch ausgesprochen. Schorschienen. Und das Französische war dem Eifeler ja spätestens seit der napoleonischen Zeit recht vertraut. Ich sage nur Chäselong, Plavong, Mackei, Blamaahsch. Kennt ihr ja. Das Schwedische dagegen war dem Eifeler immer suspekt. Der Eifeler würde beispielsweise nie sagen: „Der sitzt hinter schwedischen Gardinen!" Da orientiert er sich jetzt wieder eher am Englischen. „Dä iss im Kitchen!" Will sagen: In der Knast-Zelle. Nicht größer als ne Küche. Im Kitchen eben! Und zum schwedischen Möbelhaus sagt der Eifeler auch nicht „Ikea". Sondern „dä baufällije Dröss mott dämm Älsch – nee, hörr mer opp! Omm Joddes welle!" Und weil jetzt aber „Schorschienen" dem Eifeler einfach viel zu tuntig klang, machte er daraus: „Jeroschiene". Fertig!

Und die hatten wir, wie gesagt, in allen Formen und Farben rund ums Haus stehen. Sah toll aus. Das Blöde war nur, dass

die Knollen dieser Blütenwunder nicht winterfest waren. Weshalb mein Bruder und ich, sobald wir in der Lage waren, einen Spaten zu halten, also mit etwa vierzehn Monaten, die Knollen zum Frühjahr zu Aberhunderten aus dem Keller nach oben schleppen und einpflanzen mussten. Erst Loch um Loch buddeln, dann beim Nachbarbauern Schubkarre um Schubkarre Mist holen – frei nach dem Grundsatz Nummer Eins der Eifeler Lebensphilosophie: „Wenn uss Dröss Möst wiejett, wellt e jevarre senn!" Dann den Mist in das Loch, Knolle rein, Erde drauf, fest treten, erledigt. Mit der nächsten Knolle zur nächsten Pflanzstelle. Und immer so weiter.

Allerdings konnte man den Knollen, die im Keller überwintert hatten, ja nicht ansehen, in welcher Farbe sie später erblühen würden. Und deshalb kriegte jede Jeroschienenknolle im Herbst beim Ausbuddeln ein Wollfädchen ihrer Blütenfarbe um einen der Strünke gebunden. So sollte vermieden werden, dass im Sommer womöglich lauter rote nebeneinander standen. Oder lauter gelbe – noch schlimmer. Das Wechselspiel der Farben, das machte den optischen Genuss ja erst perfekt.

Die Idee meines Bruders und mir, systematisch die falschen Wollfädchen dranzubinden, brachte überhaupt nix. Weil wir es ja eben systematisch falsch gemacht hatten. So blieb das Prinzip der wohlgemischten Farben unterm Strich erhalten. Und genau das hatten wir ja verhindern wollen – mit unserem Spaß-Plan. Ein Denkfehler, der wohl unserer Eifel-Abstammung – Achtung, jetzt folgt eins meiner Lieblingswörter der aktuellen deutschen Sprache – „geschuldet" war. Früher sagte man: „Datt liescht an dem, datt dä Dämel aus der Eifel kommt – die sinn ja da all 'n bisschen plemm-plemm im Oberstübchen!" Oder man sagte einfach nur ein Wort: „Eifel!" Das reichte als Erläuterung. Aber heute sagt man: „Das ist der Eifeler Herkunft geschuldet!" Geschuldet! Wenn ich das schon höre! „Die Niederlage ist dem fatalen Fehlgriff des Torhüters geschuldet!" – statt: „Wenn dä Blödmann dä Ball jeschnappt hätt, hätten se och nett verloren, die Seckstevvele!"

Und die Jeroschienen-Knollen vermehrten sich jeden Sommer unterirdisch wie die Kartoffeln. Und dann konnte man im Frühjahr im Zuge des Einpflanzens besonders üppige Exemplare mit dem Spaten einfach spalten. Hatte man zwei. Als vierjähriger Knirps wollte ich diese Vermehrung durch Spaltung mittels Spaten auch bei den Katzen unseres Nachbarn anwenden. Da konnte meine große Schwester mich soeben noch von abhalten. Anschließend erklärte sie mir, dass die Vermehrung bei Tieren ganz anders funktioniert. Wie bei Menschen. Sagte sie. Sie erteilte mir gewissermaßen meine erste Stunde in Sexualkunde. Allerdings weigerte sie sich, mir die einschlägigen Stellen an ihrem Körper zu zeigen. Warum, weiß ich bis heute nicht. Das Bruder-Schwester-Verhältnis kann es nicht gewesen sein. Das war ja nun in der Eifel überhaupt kein Hinderungsgrund. Im Gegenteil. Vermutlich war ich ihr einfach noch zu jung. Und so musste ich meinen Forscherdrang zur Erkundung der geschlechtsspezifischen Unterschiede am menschlichen Körper noch eine Weile hintanstellen. Kindergarten gab es damals nicht, in der Schule war das auch kein Thema, und in der Kirche beim „Kommelionsunterricht" schon sowieso nicht. Unser Pastor war eine total unnahbare Respektsperson. Allein schon, weil er überirdisch große Füße hatte. Schuhgröße Zweiundfünfzig. Schätze ich mal. Und bei Regen trug er auch noch sogenannte „Über-Schuhe". Also ein zweites Paar Schuhe über dem ersten. Die Überschuhe konnte er dann beim Hausbesuch draußen vor der Tür stehen lassen. Und gelangte auch bei sintflutartigem Regen trockenen Fußes in die gute Stube. Mit Missbrauch hatte der Mann gottseidank rein gar nichts im Sinn. Klingt heute realitätsfremd. War aber so. Unser Pastor spielte manchmal nach dem Hochamt mit dem Dorfschullehrer, dem Küster und dem Bürgermeister im „Gasthaus zur Post" ne Runde Skat. Um überhaupt mal nen Buben in die Hand zu bekommen. Ansonsten schwebte Hochwürden als unantastbarer Heiliger über dem ganzen Dorf. Wie wir heute wissen, gab es anderswo durchaus auch den Priester zum Anfassen. Der Mensch ist eben verschieden. Wie Oma immer sagte. Und so gesehen ist ein Pastor irgendwie auch nur ein Mensch. Unter Soutane.

Als vierjähriger Bube erlebte man in der Eifel damals allerdings schon auch interessante Dinge. Eines schönen Sommertages regte mein Vater sich fürchterlich darüber auf, dass sämtliche Jeroschienen-Blüten mit violetter Farbe weg waren. Oben am Stiel abgeknipst und spurlos verschwunden. Sind auch nicht mehr aufgetaucht. Und es konnte nie geklärt werden, wer das gemacht hatte. Das war genau in jener schlimmen Hitzeperiode. Als ich eine ganze Woche lang Durchfall hatte. Und immer nur Zwieback zu essen kriegte. Und das fand ich alles andere als angenehm. Weil ich große Angst hatte, ich würde von dem fortwährenden Zwiebackfuttern genauso eine hässliche, fette Pausbackenvisage kriegen wie dieses schwachsinnig grinsende Kleinkind vorn auf der Brandt-Zwieback-Packung. Der Junge auf der Tüte soll übrigens der zweijährige Reiner Calmund gewesen sein. Habe ich kürzlich gehört. Aber Mama gab mir nun mal in der Durchfallwoche nichts anderes als Zwieback. Da habe ich in meiner Not zur Selbsthilfe gegriffen. Aber es sollte ja nicht auffallen. Also waren die Lebensmittel in der Küche tabu. Und ich hatte immer schon eine Vorliebe für violette Jeroschienen. Mein weißes Kaninchen mit dem schwarzen Fleck auf der Stirn mochte die auch unheimlich gern. Ein belgischer Riese. Ich hatte ihn „Winnetou" getauft. Und Oma habe ich ebenfalls mal dabei erwischt, wie sie genüsslich ein paar violette Blütenblätter in den Mund steckte.

Der Mensch ist eben nicht nur verschieden. Er „isst" auch verschieden. Die einen bevorzugen meinetwegen Endivien. Oder Oliven. Oma, Winnetou und ich dagegen Jeroschienen. Vorzugsweise violette. Noch heute läuft mir das Wasser im Munde zusammen, wenn ich an einem Vorgarten mit violetten Jeroschienen vorbeikomme. Und manchmal kann ich mich auch tatsächlich nicht beherrschen. Ich gebe es zu. Und ich bin ganz sicher: Wenn Oma in einem solchen Moment noch dabei sein könnte, würde sie mir ein Auge zukneifen, ihr schelmisches Oma-Lächeln um die schmalen Lippen spielen lassen und mir ins Ohr flüstern: „Dä! Hammer der Salat!"

Nein, wenn ich ganz ehrlich und korrekt bin, sie würde mir ins Ohr flüstern: „Dä! Hammer die Schlaat!" ...

Der Fotoapparat

Eine ganz neue Dimension ins Leben des Eifelers brachte der Fotoapparat. Die Agfa Clack. Und später dann die Weiterentwicklung. Die Agfa Click. Kostete sechzehn Mark fuffzig. War sowas wie eine schwarze Butterbrotsdose mit Loch. In das Loch hatte Agfa eine Linse montiert. Kam ein Film rein, den man oben an einer Metallschraube weiterdrehte. Und machte tatsächlich, wenn man auf den Auslöser drückte, laut und vernehmlich „Click". Oder auch „Clack". Darüber könnte man streiten. Hab ich aber keine Lust zu. Agfa ist ja das älteste Foto-Unternehmen der Welt. Als die bei Agfa anfingen, wurden die Fotos noch in Stein gemeißelt. Daher auch der Begriff „Agfa Minerale".

Die „Agfa Silette" war dann in der technischen Entwicklung schon eine Stufe höher. Hatte sogar eine eigene Tasche mit Trageriemen. Machte schon was daher, wenn der Eifeler Vater beim Sonntagsspaziergang die Silette in brauner Ledertasche leger über der Schulter trug. Oder um den Hals. So dass das Gerät unmittelbar über dem anderen Wirtschaftswunderwohlstandssymbol hin- und herbaumelte. Dem Bauch. Die Silette durfte selbstverständlich nur von Papa getragen werden. Erst recht durfte ausschließlich der Herr des Hauses sie benutzen. Eine Frau mit einem Fotoapparat – eine genauso lächerliche Vorstellung wie eine Frau am Steuer eines Autos. Absurd.

Am Trageriemen war übrigens noch so ein kleines Zusatztäschchen befestigt. Mit Gelb-, Rot- und sogar Violettfilter. Die hatten null Effekt. Machten aber wahnsinnig was daher. Fortgeschrittene Väter hatten auch noch eine Nahaufnahmelinse im Täschchen. Für um eine Biene in einer Blüte zu fotografieren. Die flog dann zwar weg, bevor alles justiert war, aber rein entfernungstechnisch wär's gegangen.

Und erst der Belichtungsmesser. Der hing an einem Silberkettchen, das man sich an den Gürtel klemmen konnte. Oder an den Hosenbund. Das Ding selbst, ebenfalls in einem extra Täschchen, kam in die linke Hosentasche. Mit einem Belichtungsmesser warst du der absolute King. Damit kamst du Gott schon sehr nahe: „Moment ... bleibt mal alle genau so stehn! Nicht bewegen ... ist ein bisschen dunkel, aber mit Fünfkommasechs müsste es grade noch gehn. Bei einer Sechzigstel! Mist, jetzt ist die Sonne weg ...!"

Der absolute Höhepunkt war aber der Selbstauslöser. Mit „Fernbedienung" – so nannte Papa die. Eine Bezeichnung, die ich, gelinde gesagt, für leicht übertrieben hielt. Die „Fernbedienung" war ein etwa dreißig Zentimeter langer, schwarz verkleideter Draht. Mit einer Schraube vorn, die in den Auslöser gedreht wurde. Und einem silbrigem Startknopf am hinteren Ende. Sehr fern war die Bedienung nicht, aber ein raffinierter Mechanismus schon. Der unter anderem verhindern sollte, dass die empfindliche Foto-Gerätschaft beim Auslösen verwackelte. Man muss sich das folgendermaßen vorstellen: Die Familienmitglieder stellten sich auf die vorher vom Fachmann, also vom Vater, mit dem Absatz im Gelände markierten Punkte. Papa montierte den Fotoapparat, damals sagte man nicht „Kamera", sondern „Fotoapparat", montierte den Apparat aufs Teleskop-Stativ, ebenfalls eine absolute Neuentwicklung feinster Nachkriegstechnologie, guckte durch den Sucher und dirigierte alle Personen noch einmal in einer finalen Feinabstimmung auf ihre Endpositionen. Mahnte alle zu freundlichen Gesichtern und starrem Verharren in der

Bewegungslosigkeit, drückte ein kleines Hebelchen seitlich am Objektiv runter - zum surrenden Starten der zeitverzögerten Selbstauslösung, betätigte die „Fernbedienung" und raste wie von der berüchtigten Tarantel gestochen los. Denn er hatte maximal zwanzig Sekunden, um rechtzeitig den eingeplanten eigenen Stellplatz zu erreichen, bevor der Apparat „Click" machte. Oder „Clack".

Nun gab es zwei Möglichkeiten. Entweder das Ding klemmte, sprich, es surrte los, hörte auf zu surren, um nach kurzen Pausen erneut zweimal kurz anzusurren – und blockierte dann scheinbar endgültig. Die Familie wartete noch weitere zwanzig Sekunden, bis der erste frustriert zur Seite trat, gefolgt von den anderen. Einer fluchte meistens noch „Scheiß Technik!" vor sich hin, dann surrte es auf einmal doch wieder los: Ssssss ... und „click"! Deshalb gibt es so viele Familienfotos aus dieser Zeit, bei deren Betrachtung die Kindeskinder erstaunt ausrufen: „Ich wusste gar nicht, dass ihr auf der Flucht wart. Stammen wir aus Schlesien?"

Oder die zweite Variante wurde Wirklichkeit. Speziell, wenn der Boden nass war, passierte es schnell, dass Papa kurz vor Erreichen seines Platzes ausrutschte und sich der Länge nach auf die Nase legte. Das ist der Grund dafür, dass man später grundsätzlich dazu überging, auf Familienfotos eine Person quer vor die Gruppe zu legen. Wenn Vater sich dann dazu legte, sah das aus wie inszeniert. Künstlerisch besonders wertvoll.

Ja, das Fotografieren in der prädigitalen Eifel war schon eine aufregende Angelegenheit. Und das betraf nicht nur den Vorgang des Bilderschießens selbst. Also des „Shootings", wie man heute sagt. Ganz besonders spannend wurde es, wenn im Fotoapparat die sogenannte Perforierung am Film gerissen war.

Kam gar nicht so selten vor. Die Filme hatten damals an beiden Längskanten je einen Lochstreifen. Die Perforierung eben. Gibt es auch heute noch, kennen aber im Zeitalter der Digi-, Handy- und Video-Cäm höchstens noch ein paar unverbesserlich ewig Gestrige, Spinner oder wunderlich exotische Spezialisten. Deshalb erkläre ich es noch mal: Gezahnte Räder im Inneren des komplizierten Wunderkastens griffen mit ihren Zähnchen exakt in diese Lochstreifen des Films. Und nach jedem Foto transportierte man mit dem Spannbügel oben rechts außen, der die Schraube der Agfa Click inzwischen ersetzt hatte, Zahnrädchen und Film um genau eine Bildbreite weiter. Und wenn die Perforierung kaputt war, ging das logischerweise nicht mehr. Da aber kein Licht an den Film kommen durfte, dann wäre er ja, wie der Name sagt, belichtet gewesen, also schwarz, gab es in diesem Fall nur eine Lösung. Ab unter die Bettdecke. Mama musste darauf achten, dass die Steppdecke auch wirklich alles lückenlos abdichtete. Sowohl den Fotoapparat, als auch den Ehemann. Und dann öffnete der Künstler in absoluter Dunkelheit den Apparatismus. Und versuchte, allein mit seinem hochentwickelten Tastsinn den Film per Hand ein Stück weiterzutransportieren. Und zwar genau so weit, bis die Perforation wieder gesund war. Die Zahnräder also wieder greifen konnten. Das ganze knifflige Unternehmen dauerte oft zehn Minuten. Oder sogar noch länger. Alles ohne künstlichen Sauerstoff. Zu einer Zeit, als Reinhold Messner im Südtiroler Hochland gerade mal seine erste Bergziege bestieg.

Schweißgebadet und dem Erstickungstode sehr nahe, aber stolz wie Oskar tauchte der Held des Fortschritts mit wirrem Haar aus der Eifeler Unterwelt, dem Matratzen-Hades, wieder auf. Und hielt triumphierend seine „Silette" in die Höhe. Es war vollbracht. Der Film zahnte wieder. Papa hatte ihn um die entscheidenden Zentimeter gesundtransportiert. Ein winziges Stückchen für einen Achtzehn-DIN-Film. Aber ein Riesenschritt für das Selbstwertgefühl eines Eifeler Familienoberhauptes.

Dann wurde natürlich ein Testbild gemacht. Dazu musste Mutter herhalten. Die sich vergeblich wehrte: „Nee, um Joddes welle! Da muss ich auf jeden Fall erst enns nach'm Friseur!" – „Jetzt stell dich nett eso an! Du biss jenau rischtisch dafür! Datt wird sowieso nix, datt Bild!" Mama war da ganz anderer Meinung. Sie hatte nämlich durchaus schon erlebt, dass am Ende eben doch noch zumindest ein halbes Bild dabei rauskam. Und genau in der nicht geschwärzten Hälfte war sie dann zu sehen. Mit ihren zusseligen Haaren. Aber um des lieben Ehefriedens willen fügte sie sich schließlich doch. Wie eigentlich immer. Sie wollte es nicht schuld sein, wenn so eine vergleichsweise läppische Meinungsverschiedenheit zu einem Ehestreit hoch- oder sogar überkochte. Und vor den Kindern schon gar nicht.

Wenn sie eins gelernt hatte in den vielen Jahren als Ehefrau und Mutter, dann, dass Überkochen nie gut ist. Weder in der Ehe. Noch bei der Milch.

Aus Sicht des leidenschaftlichen Fotografen sah allerdings auch das wieder ganz anders aus. Ich erinnere mich, dass Papa mal unbedingt ein Foto von der überkochenden Milch machen wollte. Das Motiv fand er super: „Lass, lass, nicht vom Herd nehmen! Da mach ich ein Foto von!"

Der Belichtungsmesser zeigte aber, dass selbst bei Blende Zweikommaacht und einer dreißigstel Sekunde das Licht zu schwach war in der Küche. Und als er endlich den Blitz aus dem Wohnzimmerschrank geholt hatte, aus der Tasche ausgepackt, aufmontiert, Birnchen eingeschraubt – war die Küche inzwischen schwarz vor lauter Qualm.

Papa hat dann aber ein sehr schönes Foto von der Feuerwehr vor unserem Haus gemacht. Wenn Sie mich fragen: Sein schönstes Foto überhaupt.

Der Tropfenfänger

Wenn der Eifeler eins hat, dann ist das Zeit. Heute schon nicht mehr so viel wie früher. Aber immer noch deutlich mehr als der Städter. Der verplempert seine meiste Zeit ja damit, eine Parklücke zu suchen. Oder vorm Supermarktregal am Handy mit seiner Frau zu diskutieren, welche Käsesorte er denn nun kaufen soll. Sowas kann in der Eifel nicht passieren. Weil der Eifeler Mann das in seiner vorauseilenden Weisheit verhindert. Und zwar mit dem Satz „Nee, Liebchen, geh du einkaufen, ich mäh dann in der Zeit schon mal den Rasen, werf den Grill an und probier, ob das Bier auch die richtige Temperatur hat."

Aber früher, als es noch keine Supermärkte gab, nicht mal einen Grill, und als man statt eines motorisierten Rasenmähers noch Hühner und Karnickel im Stall hatte, da hatte der Eifeler wirklich Zeit. Im Überfluss. Falsch! Im Überfluss eben genau nicht. Er hatte Zeit, aber er brauchte sie auch. Nur im Gegensatz zum Städter nutzte der Eifeler seine Zeit, von der er so viel hatte, sinnvoll. Zum Beispiel zum Kaffeemahlen. Fertig gemahlenen Kaffee gab es im „Konsum" höchstens für die Kinder zu kaufen. Muckefuck. Lindes. Kinderkaffee. Da war ja kein Koffein drin. War also eigentlich gar kein Kaffee. Immer wenn ich meinen Vater fragte, woraus der Kinderkaffee eigentlich gemacht würde, erklärte er mir, das wäre ein kleingemahlenes Gemisch aus getrockneten Mücken und Fuchsohren. Daher auch de Name. Mucke-Fuck. Er konnte mir damit aber den Appetit nicht verderben. Der Muckefuck schmeckte mir auch vorher schon nicht.

Der richtige Kaffee kam in die Kaffeemühle an der Wand. Direkt neben dem Herd. Die hing so hoch, dass ich als kleiner

Junge auf nen Stuhl steigen musste, um die zu bedienen. Ein wunderschönes Gerät aus Delfter Porzellan. Oben wurde der Kaffee rein gefüllt, Deckel zu, und dann hieß es schwengeln, schwengeln, schwengeln. Das knirschte so herrlich. Als würden da wirklich getrocknete Fuchsohren drin zermahlen. Und den Duft fand ich als Kind toll. Muss ich zugeben. Und ich habe manchmal auch heimlich ein paar Bohnen abgezwackt. Und die im Mund zerkaut. Fand ich aber weniger toll. Und erst, wenn der Schwengel ins Leere lief, war der Kaffee fertig gemahlen. Und aus dem großen Delfter Behälter oben in das viel kleinere, schlichtere Holzschublädchen unten gewechselt. „Ett Schohß", wie Oma sagte. „Jäff mrr enns datt Schohß mott dämm Kaffee!" Das Aufbrühen war dann wieder Sache der Erwachsenen. War ja auch nicht mit besonders viel Arbeit verbunden. Am Tisch wartete ich dann immer ganz gespannt darauf, wer beim Ausschenken die ersten Flecken aufs Tischtuch dröppelte, oder wie wir in der Eifel sagten: trösselten. Kaffeekannen gab es mehrere im Haushalt. Die für jeden Tag, ein eher schlichtes Gerät in Weiß oder Beige. Mit nem Sprung seitlich oben. Und zwei, drei „Katschen" im Deckel. Und meistens auch am Ausguss, an der „Zuuhtz". Dann hatten wir eine weitere für wenn Besuch kam. Ohne Sprung und mit weniger Katschen. Und natürlich noch die, die zum „juuhten Serviehß" von Oma gehörte. Ganz was Edles. Mit Blumenmustern und Goldrand. Oder sogar, wie auch die Kaffeemühle, von Delft. Die kam höchstens mal am „Kommelionsfest" zum Einsatz. Oder an Muttertag, Weihnachten und so.

Ein trösselverhinderungstechnischer Fortschritt sondergleichen war dann der sogenannte Tropfenfänger. Den gibt's ja heute noch. Ein Schaumstoffröllchen wurde mit einem weißgoldverzwirbelten Gummiring unterhalb der Zuuhtz befestigt. Das Gummi dann über den Deckel beiderseits am Knauf vorbei geführt und mit einem silbrig glänzenden Metallhaken am Kannengriff auf Spannung befestigt. Nicht nur das Trösseln vorn an der Zuuhtz sollte der Mechanismus verhindern, zugleich sollte er auch noch den Deckel vorm Runterfliegen bewahren. Hinter oder auch vor dem Deckelknauf war deshalb, um der Angelegenheit mehr Gewicht und Halt zu verleihen, aber auch zur Verzierung, noch so ein Figürchen aus Porzellan oder Plastik integriert. Mit zwei Löchern drin, als Führung für die Gummis. Gern war das beispielsweise ein Hahn. Der da oben thronte wie auf dem Kirchturm. Oder eine Katze. Wir hatten „für die guten Tage" sogar einen Tropfenfänger mit einem Porzellanpfau. Eine Wucht!

Mal davon abgesehen, dass sich das Schaumstoffröllchen unter der Zuuhtz in Nullkommanix voll Kaffee gesaugt hatte, und das Trösseln infolgedessen eher förderte statt es zu unterbinden, war die Frage, die sich mir bei der ganzen Gerätschaft immer wieder von vorne aufdrängte: Ob nun das bräunlich versabberte Schaumstoffröllchen, die kaffeeverdrecksten Gummibänder, oder aber das marmeladenverschmierte Festhaltefigürchen auf dem Deckel, welcher dieser Vertreter des rasanten technischen Fortschritts wohl den anderen überbot an Ekelhaftigkeit und Siff-Konzentration. Eine Antwort werde ich vermutlich in diesem Leben nicht mehr erhalten.

Wo sind eigentlich all diese herrlichen Wandkaffeemühlen geblieben? Von denen damals eine in jeder Eifelküche hing. Ich weiß es nicht! Oder die wunderbaren alten Herde mit Keramik und Chrom? Die von der Hausfrau täglich auf Hochglanz poliert wurden. Egal, wieviel übergekochte Milch sich auch in die Oberfläche eingebrannt hatte. Wo sind sie hin? All diese einzigartigen Schätze? In ganz traurigen Momenten sehne ich mich auch heute noch nach dem berauschenden Sidolinduft dieser paradiesischen Zeit. Der so etwa eine Stunde nach dem Mittagessen die Nasenschleimhäute stimulierte. Wie haben wir alle eigentlich im Laufe der Jahre diesen grausamen kalten Sidolinentzug verkraften können? Ich bin davon überzeugt, hier liegt die wahre Ursache für die mysteriöse Selbstmordwelle, die in den siebziger Jahren die Eifel durchzog.

Nach der Wandkaffemühle kam die Zwischenbeinmühle. Dieses viereckige Holzding, das man sich zwischen die Knie klemmte, um dann wie vom Teufel besessen loszumahlen. Wenn du das Pech hattest, dass Mama dich vor dem Kommelionsfest deiner kleinen Schwester ausgeguckt hatte: „Hier, kannst du mal grad die fünf Pfund Kaffee schnell mahlen!", hatte das fatale Folgen. Du gingst anschließend mindestens vier Wochen lang „übern großen Onkel", wie man in der Eifel sagte. Also stark O-beinig. Der Standard-Spruch meine älteren Schwestern: „Weißt du, warum alle Jungs O-Beine haben? Unwesentliches gehört in Klammern!" konnte mich in dieser Situation nicht wirklich aufmuntern. Ich trug übrigens im Anschluss an solch eine Fünf-Pfund-Kaffemahl-Tortur auch bei allergrößter Hitze grundsätzlich lange Hosen. Die Knie waren an den Innenseiten nämlich total wund gescheuert. Und wenn das sichtbar wurde, konnte man sich von den anderen Jungs so extrem lustige Sprüche anhören wie: „Ah ja, ich hab schon gesehen, eure Ziege hat hinten seitlich das Fell ganz weggerubbelt!" Keine Frage, wenn der Eifeler Junge eins im Übermaß besitzt, dann ist es Humor. Tröstlich war immerhin: Ich war nicht der einzige, der fünf Pfund Kaffee hatte mahlen müssen. Unmittelbar nach dem Kommelionsfest häuften sich jedenfalls die verletzungsbedingten Absagen beim Fußballspielen. Jahr für Jahr das gleiche Spiel. „Same procedure as every year!", um es mal mit Miss Sophie zu sagen. „Dinner for one" kannten wir damals allerdings noch nicht. Es gab zwar schon die ersten Fernseher, aber da kam ununterbrochen nur „Millowitsch", „Das Halstuch", „So weit die Füße tragen" und „Der Frühschoppen mit Werner Höfer und sechs Journalisten aus acht Ländern". Und sonst gar nichts.

Die heutigen Jugendlichen können über so Geschichten von früher natürlich nur lachen. Auch in der Eifel. Schütteln innerlich den Kopf und denken bei sich „Was für ein kalter Kaffee!" Und gehen ihrer Wege: Coffee to go ...

Die Silberbronzezeit

Eine Maus in der Wohnung. Da denkt man heute sofort an ein süßes Haustier. Eine niedliche, gezähmte, weiße Maus. Ach, wie goldig!

Es ist aber noch gar nicht so lange her, da waren Mäuse in der Wohnung ähnlich verbreitet und ähnlich beliebt wie heute Wanzen im Bett. Die sind ja wieder schwer im Kommen. Habe ich gehört. Seitdem Mallorca-Urlauber sie kofferweise mit nach Hause bringen.

Eine Maus in der Wohnung bedeutete noch vor ein paar Jahrzehnten vor allem eins: Sie musste so schnell wie möglich ins Jenseits befördert werden. Das war zumindest in der Eifel so. Schließlich fraß sie den Menschen Lebensmittel weg. Die diese selbst bitter nötig gehabt hätten. Köttelten die ganze Bude voll und verursachten nachts in den Wänden ekelerregende Krabbelgeräusche. Hinzu kam noch eine nicht unbeträchtliche Angst vor den winzigen Nagern, die nicht ganz erklärlich ist, aber dennoch existiert. Die Angst vor der Maus steckt in den Genen vor allem von Frauen. Würde Thilo Sarrazin vermutlich argumentieren. Wer kennt nicht das Bild von der kreischend auf einem Stuhl herumhampelnden Frau, während die Maus vergnügt den Boden erkundet. Kinder übernehmen die Angst von Mama, Männer haben die Angst vermutlich auch, erlauben sich aber nicht, sie zu zeigen.

Mäuse in der Wohnung – eine unangenehme Sache, ganz ohne Zweifel. Aber für den Eifeler Familienvater kein allzu großes Problem. Über Nacht wurden ein paar Mausefallen aufgestellt. Die ganz simplen mit dem gespannten Metallbügel. Funktionierten todsicher. Im wahrsten Sinne des Wortes. Vorne ein Stückchen Käse drauf drapiert. Dann gespannt. Und sobald die Maus am Käse knabberte, zack! Genickbruch! Auf der Stelle tot. War jedenfalls humaner als Glaswolle ins Mauseloch stopfen. Oder Gift auslegen. Da fällt mir jener amerikanische Gouverneur ein, der einen großen Fortschritt im Sinne des human-ökologischen Hinrichtens darin erblickte, den elektrischen Stuhl auf Solarenergie umzustellen. Fortschrittlicher heißt eben nicht immer unbedingt zugleich auch humaner. Dafür steht der über Jahrzehnte so überaus beliebte Fliegenfänger. Diese bräunliche, klebrige Spirale hing damals über jedem Esstisch. Ausgerechnet überm Esstisch! Die Fliegen blieben schon bei der ersten Berührung an dem Ding kleben. Mit den Beinen oder den Flügeln. So oder so kamen sie nicht mehr los. Verhungerten dort jämmerlich, während die Familie um den Tisch saß und sich fröhlich die Bäuche vollschlug. Und die Dinger hingen meist monate-, wenn nicht jahrelang überm Tisch. Changierten farblich im Laufe der Zeit immer mehr in Richtung Schwarz. Und erst, wenn die im Sommer frisch einreisenden Fliegen mit Migrationshintergrund trotz größten Bemühens keine freie Klebestelle mehr fanden, wurde ein neuer Fliegenfänger aufgehängt. Was mich als Kind so faszinierte: Man kaufte die Dinger als harmlose kleine Papier-Röllchen. Und erst, wenn man unten an einem Schnürchen zog, kam die ganze, klebrige Raffinesse zum Vorschein. Schon sehr früh wünschte ich mir eins: Wenn es wirklich eine Wiedergeburt in anderer Gestalt geben sollte, bitte, bitte nicht als Fliege. Dann schon lieber als Maus. Obwohl das auch nicht meine absolute Traumvorstellung war.

Ach ja: Wenn morgens eine Maus in der Falle war, packte Mama die am Schwanz, spannte den Bügel so weit hoch, dass sie das tote Tier rausziehen konnte, hielt es mit vor Ekel angewidertem Gesicht so weit wie möglich vom Körper weg, packte mit der anderen Hand das Spezialeisen, das sogenannte „Steppel-Ihser", mit dem man nicht nur im Feuer „rumsteppeln", sondern auch den kleinen, kreisrunden Deckel inmitten der diversen Ringe vom Herd heben konnte, indem man das gebogene Steppel-Ihser-Ende in dem eigens dafür vorgesehenen Loch einklinkte und leicht verkantete, um das Teil dann gefahrlos hochzuheben – Maus rein in die Glut, fertig.

Der Herd war ja überhaupt das Zentrum des Lebens damals. Er machte die Küche lecker warm. Diente zum Kochen. Zum Backen. Aber auch zum Erhitzen der Bügeleisen in ihren verschiedenen Größen. Unten drunter blitzeblank, die Bügeleisen. Ansonsten schwarz. Und wehe, du versuchtest, so ein Bügeleisen mit bloßer Hand vom Herd zu nehmen. Das machtest du nur ein Mal. „Learning by Doing" gab es in er Eifel schon, da kannte überhaupt noch niemand den Begriff. Und deshalb hieß das in der Eifel auch nicht „Learning by Doing", sondern „Datt jeschieht dir recht, du Dähmel! Da weißt du wenigstens beim nächsten Mal Bescheid! Domm wie ne Zungpohl, dä blöde Puuht!"

Für uns Kinder war das Bügeleisen vor allem im Winter von Wichtigkeit. Beim Ski-Wachsen. Da waren wir in der Eifel ja Profis. Skiwachs kaufte man im klassischen Dreierpack. In drei verschiedenen Farben. Silber für nassen Schnee, Blau für Pulverschnee, Rot für Mischmaschschnee. Die Unterseite der Skier rieb man mit dem passenden Wachsstück ein. Und damit sich das auch schön gleichmäßig verteilte, ging man anschließend mit dem Bügeleisen drüber. Wachsen war eine regelrechte Kunst. Da musste man sehr sensibel vorgehen. Wenn der Ski beim Wachsen in den Aggregatzustand von Holzkohle überging, hatte man das Bügeleisen entweder zu lange auf dem Herd stehen lassen – oder auf dem Ski.

Wenn Mama später ihre Blusen bügelte, und es war noch Skiwachs unterm Bügeleisen, kam zum Skifahren auch noch eine fröhliche Schlittenfahrt dazu. Meistens übernahm Papa es, mit dem Delinqenten nach Strich und Faden Schlitten zu fahren. Da sahen die Ohren hinterher meist aus wie für Mischmaschschnee gewachst. Rot. Am anderen Tag wechselte das allerdings meist in Richtung Pulverschnee. Blau. Wenn mir das widerfuhr, war mir meist fürs erste die Lust am Skifahren total vergangen. Mal zu Hause am Küchentisch sitzen und im Tschibo-Heftchen schmökern – auch nicht schlecht. Und vor allem war es in der Küche schön warm. Statt Zentralheizung hatte man ja damals Ofenrohre. Durch fast jedes Zimmer lief so eine „Ovenspief“, weil es im ganzen Haus meist nur einen einzigen Kamin gab. Und die Ovenspief gab logischerweise auch jede Menge Wärme ab. Toll fand ich, wenn die Ofenrohre gestrichen wurden. Dazu gab es spezielle Ofenrohrfarbe. Ovenspiefsfärv. Das zweitgebräuchlichste Eifelwort mit dem berühmten Fugen-S. Oven-s-pief-s-färv. Das berühmteste dieser Wörter ist ja „Adsventskranskeärz“.

Warum manche Ofenrohre schwarz gestrichen wurden, andere silbern, weiß ich bis heute nicht. Wie bitte?! Ich hätte fragen können? Auf keinen Fall! Sowas machte man vielleicht in der Stadt, in der Eifel stellte ein Kind seinen Eltern keine Fragen. Man kriegte auch so die Ohren schon oft genug auf Mischmaschschnee gewachst.

Als Opa eines Tages in seinem Haus sämtliche Ovenspiefe mit Silberbronze anstrich, und er und Oma eine Woche später

Silberhochzeit hatten, glaubte ich, der Sache auf die Spur gekommen zu sein. Ich habe Opa übrigens die ganze Zeit beim Streichen Gesellschaft geleistet. Nicht, weil ich das besonders spannend zu beobachten fand. Sondern weil ich den Duft der Silberbronze so liebte. Da war ich regelrecht süchtig nach. Und auch die Konsistenz fand ich so irre. Wenn man das Farbdöschen ein bisschen anstieß, und die Oberfläche geriet leicht ins Vibrieren, das übte auf mich einen fast überirdischen Reiz aus. Die irisierend wibbelnde Silberbronze kam mir vor wie aus einer anderen Welt. Aus einer Märchenwelt. Gleichzeitig so edel. So pur. So kostbar. Wie ein kleiner Silbersee. Wenn ich „Der Schatz im Silbersee" von Karl May las, sah ich die ganze Zeit vor meinem geistigen Auge einen überdimensionalen Topf Silberbronze, den jemand leicht angestoßen hatte.

Das alles faszinierte mich fast so wie das Silbergegrissels auf dem Pappweihnachtsteller, von dem jedes Jahr zu Weihnachten etwas runterbröselte, von dem aber immer auch, über die Jahre hinweg, immer noch was draufblieb. Eins der größten Mysterien meiner Kindheit. Bröselte immer was runter, blieb aber auch immer was drauf. Ein wahrhaftiges Wunder – das immerwährende Silbergegrissels auf dem Pappweihnachtsteller.

Und zum visuellen Genuss kam dann beim Ovenspiefsstreichen, wie gesagt, auch noch der olfaktorische. Dieser Silberbronzedampf versetzte mich geradezu in einen Rausch. Vermutlich war er hochgiftig. Aber das Schöne und das Giftige gehen ja meist Hand in Hand. Das wusste ich damals aber noch nicht. Ich hatte noch keinerlei Erfahrungen mit Frauen gemacht. Meine Theorie in Sachen Silberbronze und Silberhochzeit geriet übrigens wenige Jahre später gehörig ins

Wanken, als Opa eines Tages sämtliche Ofenrohre schwarz strich. Die Sache war für mich zunächst sonnenklar – und ich war wochenlang tieftraurig. Opa und Oma haben aber noch rund fünfundzwanzig Jahre gelebt. Erst starb Opa. Drei Monate später Oma. Zu dem Zeitpunkt hatten sie längst eine Ölzentralheizung. Und ich war gezwungen, mir meine Rauschzustände anderweitig zu besorgen.

Aber ich bin dem Schicksal zutiefst dankbar, dass ich wenigstens noch das Ende miterlebt habe. Das Ende dieser einzigartigen, rauschhaften Silberbronzezeit.

Dosquets Remy

In der Eifel gedeihen ganz besondere Menschen. Die in dieser Ausprägung nirgends sonst auf der weiten Welt anzutreffen sind. Nicht allzu viele. Nicht allzu oft. Aber immer mal wieder gebiert die Eifel solche Ausnahme-Wesen. Menschen, die, wie man im ostbelgischen Teil der Eifel zu sagen pflegt, einfach „extra" sind.

Meist bahnt sich das Spezielle schon im frühen Kindesalter seinen beeindruckenden Weg. Dosquets Remigius zum Beispiel. Remy. So wurde er im Dorf genannt. Und dieser Name passte wirklich ideal zu dem Jungen. Remy. Er hatte schon bei der Geburt einen extravollen Haarschopf. Prächtige Locken. Cognacbraun. Wie ein original Remy eben. Ob nun „Remy Martin" oder „Remy Dosquet" – beide cognacbraun. Ganz anders als das übliche Eifelblond.

Und Remy war auch sonst ganz anders als alle anderen. Extra eben. Schon als Sechsjähriger lief er im August bei dreißig Grad im Schatten mit seiner Martinsfackel die Hauptstraße rauf und runter. Und schmetterte dabei inbrünstig die einschlägigen Lieder. Von „Laterne, Laterne" über „Lasst uns froh und munter sein" bis hin zu „Im Schnee saß ...".

Zur ersten Karnevalskindersitzung unseres Dorfes überhaupt, ich glaube, es war 1972, im „Sälchen" in der Gaststätte „Zur Post", erschien Remy in seinem Kommunionsanzug. Nun hätte man noch sagen können: Eine einfallsreiche Kostümierung! Aber dass er die brennende Kommunionskerze in der Hand hielt, hat ihm speziell seine Patentante sehr übel genommen. Tant Zöff. Ich sehe ihr Bluthochdruckgesicht noch heute vor mir. Viel kann damals zur Explosion nicht gefehlt haben.

Als Remy im Dezember bei dichtem Schneegestöber mit seinem Niveaball auf dem Schlittenhang auftauchte, nahm von den anderen Kindern schon kaum noch jemand Notiz davon. Auch dass er bei minus achtzehn Grad in der Badehose erschien, erstaunte nicht wirklich. Er war eben Dosquets Remy. Das war Erklärung genug.

An Fronleichnam startete er mit zwölf Jahren seine Messdiener-Karriere. Die aber leider noch am selben Tag endete. Man hatte ihm übel genommen, dass er das Kännchen Messwein auf dem Weg zum Altar in einem Zug runtergekippt hatte. Der Pastor vermochte das verbliebene Wasser dummerweise nicht in Wein zu verwandeln, Wandlung hin, Wandlung her. Ein Systemfehler, fand Remy. Und dass er in der Fronleichnamsprozession ständig die Blüten von der Straße aufsammelte, um sie ins Rauchfass zu stopfen, was zu intensiver Rauch- und Geruchsentwicklung führte, empfand ich persönlich als äußerst gelungene Abwechslung zum ansonsten immer gleichen Einerlei. Aber unser Pastor hatte einfach keine Antenne für Kreativität und Eigeninitiative.

In den Ferien erschien Remy grundsätzlich morgens um Acht an der Schule. Mit einem Stuhl unterm Arm. Den stellte er vors geschlossene Schulportal. Einen Wecker hatte er auch dabei, der pünktlich die Pausen anzeigte. Und wenn es anfing zu regnen, und die Tinte in seinem Heft zerlief, dass man die Buchstaben nicht mehr erkennen konnte, blieb er zur Strafe zum Nachsitzen.

Im Sommer streute Remy konsequent Salz auf die Straße. Und in der Christmette erschien er grundsätzlich mit roter Pappnase und schmiss, bevor er sich in die Bank setzte, ein paar Luftschlangen über das Jesuskindchen in der Krippe.

In der Fastenzeit machte er keinerlei Kompromisse. Vierzig Tage lang war Fisch für ihn absolut tabu. Er ernährte sich in dieser Zeit ausschließlich von Fleisch, Süßigkeiten und später auch von Alkohol. Und noch bis zum achtzehnten Lebensjahr legte er pünktlich in der ersten Augustwoche seinen Wunschzettel ans Christkindchen auf die Fensterbank.

Remy war auch ein begnadeter Fußballer. Ein Filigrantechniker, wie er im Buche steht, würde man heute sagen. Auf eine längere Karriere beim TV Höfen hat er trotzdem schweren Herzens verzichtet. Mitten in seiner ersten Saison bei den Großen, er war gerade mal Achtzehn, feuerte man ihn aus der Mannschaft, obwohl er mit neunundzwanzig Treffern bis zur Winterpause die Torschützenliste der ersten Kreisliga mit weitem Abstand anführte. Ein Tor schöner als das andere. So weit ich weiß, hat bis zum heutigen Tag kein Spieler mehr neunundzwanzig Eigentore in der Hinrunde geschafft. Nicht annähernd.

Wirklich ein Extra-Phänomen, der Remy. In der Walpurgisnacht 1981 zog er so gegen zwei Uhr los und behängte sämtliche Maibäume im Dorf mit Lametta, Christbaumkugeln und Engelshaar. An manchen hatte er sogar auch noch echte Kerzen befestigt. Leider ging ein ziemlicher Wind, sonst hätte er die Kerzen sicher auch noch angezündet. Aber auch so bot sich den Dorfbewohnern am Morgen ein ergreifender Anblick. Viele hatten Tränen in den Augen.

Remy hatte auch ein ganz besonderes Verhältnis zu Tieren. Er hatte sich ein Huhn als Haustier dressiert. Es hörte auf den Namen Mathilde. Und folgte ihm auf Schritt und Tritt. Remy hatte sich in den Kopf gesetzt, Mathilde so weit zu kriegen, dass sie auf Kommando ein Ei legt. „Komm, Mathilde, leg!"

lautete der entsprechende Befehl. Aber das hat nicht ein einziges Mal funktioniert. Jedenfalls nicht, wenn ich zugegen war. Immerhin soll er es eines Tages geschafft haben, dass Mathilde auf das Kommando „Spring!" aus dem Stand in den heißen Suppentopf gesprungen ist. Hat mir zumindest mein Freund Karli erzählt. Dafür spricht, dass ich Mathilde danach nie wieder gesehen habe.

Es wurde gemunkelt, Remy habe das Huhn sogar heiraten wollen. Hätte ihm sogar einen Verlobungsring ans linke Bein gesteckt. Aber damals war die Zeit wohl noch nicht reif für sowas. In sein Beuteschema hätte Mathilde schon haargenau gepasst. Jahre später hat er dann das Nachbarsmädchen geheiratet. Klüttepittere Luissje. Und die war dermaßen fett, dass sie im Dorf nur „ett Zuppehoohnt" genannt wurde. Also „das Suppenhuhn". „Enn Maschiehn va nemm Vraumingsch", wie meine Oma zu sagen pflegte.

Er ist dann im Alter von noch nicht mal ganz fünfzig Jahren viel zu früh verstorben. An einer Fleischvergiftung mitten in der Fastenzeit. In seinem Testament hatte er, notariell beglaubigt, festgelegt, dass er in der Kirche aufgebahrt und dann feierlich getauft werden sollte. Er war zwar wenige Tage nach seiner Geburt schon mal getauft worden, hatte sich später aber intensiv mit den sogenannten Wiedertäufern beschäftigt und ihren Ansatz dahingehend weiterentwickelt, dass er die Zusammenführung von Tod und Taufe für den optimalen Weg hielt. Sie können es sich schon denken: Unser kleinkarierter Pastor hat ihm seinen letzten Willen nicht erfüllt.

Es kommen übrigens immer wieder Leute vom Dorffriedhof, die von einem lauten Pochen und Klopfen berichten, das aus Remys Grab dringe. Manche behaupten sogar, da habe eindeutig jemand gesungen: „Heute hau'n wir auf die Pauke …" und solche Sachen. Die meisten im Dorf finden: Wenn da wirklich was dran sein sollte, wäre das eine unterirdische Unverschämtheit.

Ich sehe das ganz anders. Von einem wie dem Remy ist wohl nichts anderes zu erwarten, als dass er sich im Grab genauso verhält wie im Leben. Extra!

Und so wie ich den Remy einschätze, hält der von der Idee mit der ewigen Ruhe absolut gar nichts.

Einlagen

Die Medizin hat selbst in der Eifel im Laufe der Jahrzehnte einige Fortschritte gemacht.

Noch vor dreißig, vierzig Jahren gab es, wenn du Gesundheitsprobleme hattest, egal was, egal wo, gab es nur zwei Behandlungsmethoden. Die erste war: Blinddarm raus! „Was? Ihnen tut es in der Schulter weh? Die Kopfschmerzen gehen nicht weg? Ein Reißen im Knie? Klare Sache: Blinddarm raus!"

Ein Eifeler über Vierzig ohne Blinddarmnarbe, das ist heute noch wie Horst Schlämmer ohne Rücken, wie Angela Merkel ohne Hosenanzug oder wie Niki Lauda mit Ohren. Ein absolutes Unding! Gibt es nicht! Vergiss es!

Kamst du aber mit Beschwerden zum Arzt, und der Blinddarm war schon raus, war die Behandlung noch klarer. Einlagen! Was sonst?! Blinddarm oder Einlagen. Was anderes kam nicht in Frage!

Und da der Eifeler grundsätzlich mit zwei unterschiedlich langen Beinen geboren wird, können Einlagen auch in dieser Hinsicht wirklich nicht schaden. Und Einlagen passen ja auch in alle Schuhe. Sogar in die Schischuhe! Wir Kinder trugen ja von Oktober bis Ostern grundsätzlich Schischuhe. Hohe, feste Krampen-Schuhe. Bis über die Knöchel. Hinten sone reingefräste Rille für die Schibindung. Außen am Absatz. Die Schischuhe waren am Abend natürlich durch den damals noch von Oktober bis April meterhoch liegenden Eifelschnee total durchnässt. Weshalb sie, wenn wir mit der Abendglocke um sechs Uhr vom Schifahren heimkehrten, mit Zeitungspapier ausgestopft und dicht an den Ofen gestellt wurden. Morgens waren sie dann trocken, aber auch total steif. Vor allem, wenn sie noch relativ neu waren. Den Trick, dass man in neue Schuhe reinpinkeln soll, um das Leder über Nacht geschmeidig zu machen, habe ich leider erst zu spät gelernt. Bei der Bundeswehr. Und morgens musste ja alles sehr schnell gehen. Aber gottseidank: Mit nem halben Döschen Schuhcreme, farblos, von Erdal, kriegte man die hässlichen weißen Trockenränder in Nullkommanichts weg. Roch auch super. Heute glaube ich, dass ich damals nicht nur sidolin- und silberbronzeabhängig war, sondern auch noch schuhcremesüchtig. Des öfteren hab ich mir son Döschen in die Schultasche gesteckt. Und wenn der Unterricht besonders langweilig war, Erdkunde zum Beispiel, immer mal wieder daran geschnüffelt. Da war ich für ein paar Minuten in einer ganz anderen Welt!

An den Schischuhen war übrigens nicht nur diese Rille hinten. Vorne war auch noch son rundes Stoßblech druntergekloppt. Wie ein Huf beim Pferd. Hinten auch. Mit jeweils einer senkrecht nach oben stehenden, in Halbbögen gewellten Kante. Diese Schutzbleche sollten verhindern, dass die Schuhe sich vorzeitig abliefen. Brauchte man nicht so oft zum Schuster. Die Eisenschienen hatten aber auch einen anderen Effekt. Wenn du jemandem mit sonem Schischuh in den Hintern tratst, konnte es gut sein, dass der am anderen Tag dermaßen ausgeprägte Sitzbeschwerden hatte, dass eine sofortige Blinddarmoperation unumgänglich war. Zumindest aber war er reif für Einlagen. Wenn er beides schon hatte, half nur noch der örtliche Wunderheiler. „Knueschele Fränz". Der war zuständig für Knochen aller Art. Verstauchungen, Gelenke und so was. Die Wunderheiler hatten ja ganz ähnliche Fachgebiete wie Ärzte. Es gab einen für bei Brandwunden. Einen zum Blutstillen. Einen für gegen Rheuma undsoweiter.

Bei Knueschele Fränz funktionierte das beispielsweise so: Der legte seine Hand auf die schmerzende Stelle, fing dann an zu wimmern und krümmte und wand sich wie ein Aal, den man unter Strom gesetzt hatte. Das Wimmern steigerte sich langsam zu einem Stöhnen und schwoll schließlich an zu einem derart herzzerreißenden Schmerzgeschrei, dass du dich als Patient regelrecht schämtest, mit dem mickrigen Wehwehchen überhaupt zum Heiler gegangen zu sein. Du kamst dir selbst angesichts des schier unermesslichen Leidens deines Gegenübers plötzlich geradezu schmerzfrei vor. Und das war ja auch der tiefere Sinn und das Ziel der Aktion. Zumindest waren deine Schmerzen stark gelindert. Denn geteilter Schmerz ist bekanntlich halber Schmerz.

Viele Schuhe hatte der Eifeler damals nicht. Genau genommen drei Paar. Schischuhe für von Oktober bis Ostern, Halbschuhe für von Ostern bis September. Und für um damit auf der Wiese zu bolzen. Und Sonntagsschuhe für zum Sonntagsanzug. Fertig!

Die Mädchen trugen übrigens statt Schischuhen Stiefel. Vorzugsweise weiß, wenn ich mich richtig erinnere. Und da kam dann die Keilhose rein. Die war in den sechziger Jahren DER Renner: Die Keilhose! Aus Latex-Stoff. Schön stramm in den Po gezogen. Und dann nach unten hin spitz wie die Mädchen selbst. Oftmals noch mit eingenähter Bügelfalte. Unterm Fuß ein elastischer Steg, damit die Hose sich spack auf Zug spannte. Wie ein Keil! Wunderbar anzusehen! Zumindest, solange das Mädel figürlich nicht in die Kategorie „Wuchtbrumme" einzuordnen war. Wovon es leider auch früher schon nicht wenige gab in der Eifel. Meine Mutter pflegte dann zu sagen: „Nee, nu kick enns, watt enn Maschien! Unn dann och noch esunn Keil-Botz! Moss datt da nu senn?!"

Hinzu kommt noch, dass diese Keilhosen in gewissen Kreisen als höchst unzüchtig galten. An der von Nonnen geleiteten Mädchen-Realschule, Sankt Ursula in Monschau, waren die streng verboten. So dass die Mädchen immer einen Rock in der Schultasche hatten. Statt Schulbüchern. Vermute ich. (Wozu brauchen Mädchen Schulbücher? – dachten damals eh die meisten) Und sobald sie aus dem Schulbus ausstiegen, wurde der Rock über die Keilhose gezogen. Dann war die Montur nonnenkompatibel. Dazu ein dick gepolsterter Stepp-Anorak. Und Don-Kosaken-Pelzmützen waren damals in der Eifeler Damenmode sehr en vogue. Gegenüber einer solchen Kleiderordnung hätte selbst eine Ritterrüstung wie ein flockigluftiges Freizeitgewand einer engelsgleichen Elfe gewirkt. Dennoch kam es unter Sankt-Ursula-Schülerinnen in jedem Halbjahr zu mindestens drei Schwangerschaften. Das spricht für die Tapferkeit, Kraft und Ausdauer der Eifeler Jungs. So ein Mode-Bollwerk knacken, und dann noch die Energie aufbringen, aus dem Stand heraus das goldene Feeling für die ideale Stoßrichtung zu finden. Hut ab!

Schuhe zu kaufen, war übrigens damals gar nicht so einfach in der Eifel. Ebay gab es genauso wenig wie Schuhgeschäfte. Vier- oder fünfmal im Jahr fuhr ein fliegender Schuhhändler über die Dörfer. „Drr Plum" aus Roetgen. Mit seinem Opel Rekord. Hielt an jedem Haus an, alle Kinder der Familie mussten antreten, und dann wurde die Bedarfslage erörtert. Wie gesagt, „drr Plum" hatte nicht etwa einen Ford Transit. Nicht mal einen Kombi. Sondern einen schlichten Opel Rekord. Den aber bis unters Dach unter Ausnutzung jedes Quadratzentimeters mit Schuhkartons voll gestopft. „Drr Plum" war zwar als Roetgener eher schon ein Öcher, auch von der Sprache her, aber im Kopf ein Eifeler, wie er im Buche steht. War jedenfalls mein Eindruck. Eine hagere Erscheinung, wettergegerbtes Gesicht und immer einen kalten Zigarrenstummel im linken Mundwinkel, höchstens noch zwei Zentimeter lang. Das war sein Markenzeichen. Ich vermute, den hatte er bei Kriegsende da rein gesteckt und nie wieder rausgenommen. Aus Angst, die Alliierten könnten ihm seine Zigarre sonst konfiszieren. Mit die gesündeste Art des Rauchens, die ich kenne. Und: Der Mann sprach nur das Allerallernötigste. Der einzige Satz, der mir von ihm in Erinnerung geblieben ist: „Oaß, dä hau enne huue Spang, wa?!" Zu Deutsch: „Mein lieber Mann, der hat aber einen hohen Spann!" Damit meinte er die obere Knochenstruktur des Fußes. Wenn die sich zu sehr nach oben wölbte, gab es Probleme. Die meisten Schuhe passten mir deshalb von vornherein nicht. Denn bei mir war der Befund von vornherein klar: „Oaß, dä hau enne huue Spang!" Dann musste ich warten, bis „drr Plum" sich vier Wochen später mit seinem Rekord wieder durch den Schnee gekämpft hatte. Und meistens kriegte ich dann Schuhe, die mir fünf Nummern zu groß waren, aber wenigstens am Spann einigermaßen passten. Sie wissen ja: „Oaß ..." Genau! Ich kriegte also sogenannte Schuhe zum Reinwachsen. War ja eh wirtschaftlicher! Und wenn ich erst mal zwei Wochen mit den Dingern durch die Gegend klabastert war, passten sie auch schon viel besser. Weil meine Füße in der Zeit ungefähr um die fehlenden fünf Nummern größer geworden waren. Durch die Blasen. Wenn die Blasen allerdings aufplatzten, war das weniger lustig. Da war dann auch kaum was gegen zu machen. Zumal ich schon lange keinen Blinddarm mehr hatte. Und schon fast genauso lange Einlagen. Da konnte dann letzten Endes nur noch „Klösjes Laurenz" helfen. Der war, richtig, ein

Wunderheiler. Zuständig für Beschwerden bei Blasen-Problemen aller Art. Ob an den Füßen, den Händen. Oder auch beim Wasserlassen.

Klösjes Laurenz besprach meine Blasen. Genauer gesagt, er bemurmelte sie. Befummelte sie auch gleichzeitig mit seinen extrem riesigen Händen. Vermutlich litt er unter Elefantitis. Einem Krankheitsbild, das wir in der Eifel damals allerdings noch nicht kannten. Hätte aber auch nichts genützt, denn wir hatten im Dorf keinen Spezial-Heiler für Elefantitis.

Klösjes Laurenz beließ es aber nicht beim Murmeln und Tasten. Er führte regelrechte Tänze auf in seinem kleinen Wohnzimmer. Wegen der extrem niedrigen Decke heilte und tanzte er grundsätzlich in gebückter Haltung, wie es andere Aborigines in anderen Kulturen ja auch gerne tun. Immer rund um mich herum. Mal links rum, dann wieder rechts rum. Zwischendurch immer mal wieder zu meinen Füßen herabtauchend. Um die Blasen zu berühren. Die gesamte Performance dauerte sicher eine halbe Stunde. Mindestens. Ob das Ganze irgendeinen Heileffekt für meine Blasen hatte? Weiß ich nicht. Auf jeden Fall aber wirkten Klösjes Laurenz' Tanz-Einlagen auf mich in hohem Maße meditativ. Ich geriet in eine regelrechte Trance. Fühlte mich hinterher leicht wie eine Feder.

Ich möchte sie auf gar keinen Fall missen. Diese wundersamen Einlagen.

Fronleichnam

Geselligkeit wurde früher in der Dorfgemeinschaft groß geschrieben. Sehr groß. Die Vorbereitung auf Fronleichnam zum Beispiel war so ein Ereignis der Geselligkeit. Zog sich über Wochen hin. Vier große Altäre mussten im Dorf aufgebaut werden. Und vor allem: Der Schmuck dafür musste hergestellt werden.

Die Männer zogen in den Wald, um Fichtenäste zu schlagen. Und die Frauen trafen sich abends in einer Scheune der Wahl zum Kränzeflechten. In dem einen Jahr bei Schommesse, im nächsten bei Klüttjes undsoweiter. So ein Fronleichnamsaltar war ja in seiner Vollendung ein prächtiges Zeugnis der Eifeler Flecht- und Schmückkunst. Da wollte das Unterdorf mit seinem Altar natürlich möglichst die im Oberdorf übertreffen. Und umgekehrt. Und „die Ostvertriebenen", die sich schwerpunktmäßig längs der Triftstraße angesiedelt hatten, wollten selbstverständlich demonstrieren, wie phantastisch sie sich inzwischen in die Dorfgemeinschaft integriert hatten. Die waren zwar durch die Bank evangelisch. Aber so ein Fronleichnamsaltar stand als Kunstwerk sowieso über allen Religionen. Die Ostvertriebenen hatten zu Karneval sogar ihren eigenen Ball. Den „Flüchtlingsball". Mit Prämierung der besten Maske. Der Flüchtlingsball hatte schon wenige Jahre nach dem Krieg einen Ruf – da stürmten sie sogar aus Kalterherberg hin. Hieß es zumindest. Man weiß es heute noch nicht so genau. Es wurden immer wieder besonders auffällige Masken beobachtet, die dann bei der Prämierung auf einmal verschwunden waren. Oft hatten sie auf den Köpfen von recht gedrungenen Figuren gesessen. Konnten also nur entweder Jugendliche gewesen sein, die noch keine Achtzehn waren, oder eben Kalterherberger.

Es war auch mal die Idee aufgekommen, den schönsten Fronleichnamsaltar zu prämieren. Wurde aber verworfen. Warum, weiß ich nicht mehr.

Wir Kinder durften, zumindest am Samstag, beim Kränzeflechten in der Scheune mit dabei sein. Bis zur Abendglocke. Das war für uns fast wie Kirmes. Kabänesse Hein war manchmal mit der Quetsch da. Also mit der Ziehharmonika. Und spielte fronleichnamskompatible Weisen. Wie zum Beispiel „Es war einmal ein treuer Husar", „Oh Tannenbaum" oder „Am Aschermittwoch ist alles vorbei". War das eine Stimmung! Und in so einem Heustall war ja das Heu auf unterschiedlich hohen Ebenen abgepackt. So dass wir ganz nach oben klettern konnten, von dort auf die Ebene drunter sprangen und immer so weiter, bis schließlich ganz nach unten. Jedesmal tief im Heu zu versinken und sich wieder rauszubuddeln, machte einen Heidenspaß. Und außerdem schön müde. Weshalb die Eltern auch nichts dagegen hatten. Es kam immer mal wieder vor, dass ein Kind in die Zinken einer umgekippten Heugabel sprang. Oder auf einen Rechen trat und sich dessen Stiel gegen die Birne knallte. Aber solche Kollateralschäden waren im Festgedanken inbegriffen. „Schon eingepreist", wie es heute heißt. „No risque, no fun!" Oder wie der Eifeler sagt: „Jätt öss ömmer!"

Nicht nur die Kinder, auch die Frauen hatten beim Kränzeflechten ihren Spaß. Dafür sorgten in erster Linie mehrere Flaschen selbstgemachten Eierlikörs. Aus meiner Perspektive als Knirps hatte das Eierlikörtrinken der „Vraulück" allerdings eine fast schon unheimliche Komponente. Wenn ich die Augen schließe, sehe ich es heute noch vor mir: Du gucktest von

unten gegen den Boden eines sattgelb gefüllten Eierlikörglases und sahst dann, wie sich nach dem ersten Wegkippen der zähflüssigen Köstlichkeit ein fleischiges Monsterreptil mit seiner ganzen, pelzigen Wucht und Masse in das winzige Gläschen hineinquetschte, um Ränder und Boden mit brutaler Gewalt leerzuschlecken. Ich erwartete jeden Moment, dass das gelb-rötliche Ungeheuer durch den blankgewischten Boden durchstoßen und mir die Augen aus dem Gesicht lecken würde. Um so erleichterter war ich, wenn ich erkannte, dass der gierige Fleischlappen genauso plötzlich aus dem Gläschen wieder verschwunden war, wie er sich seinen Weg hineingebahnt hatte. Nicht selten ertönte in diesem Moment ein Genuss-Rülpser, wie er nur aus einer Eifeler Bäuerin herausbrechen kann, die breitbeinig in der Scheune steht – mit geblümter Kittelschürze, Kopftuch auf der Dauerwelle, und das Leben in vollen Zügen genießt. Und das Kränzeflechten für Fronleichnam im ganz Besonderen. An dieser Stelle erscholl meistens der Ruf: „Noch ehnt, Treesje!" Für mich das Signal, augenblicklich ins Heu zu verschwinden.

Und es waren ja nicht nur die Kränze. Vor jedem der vier Fronleichnamsaltäre wurden Blumenteppiche ausgebreitet. Hingeschmückt. Zelebriert. Blumenteppiche, die es eigentlich verdient gehabt hätten, das ganze Jahr über liegen zu bleiben. So schön waren die. Und die gesamte Route der Fronleichnamsprozession war ebenfalls mit Blumen bestreut. Nicht ganz so üppig wie vor den Altären, aber doch so, dass der Pastor den Teer mit seinen Schuhen nicht berühren musste, wenn er die Monstranz unterm Baldachin von Altar zu Altar bugsierte. Immer schön vor der Brust. Wenn der abends keinen Muskelkater gehabt hat! Da mussten sicher mehrere Flaschen

„Piesporter Goldtröpfchen, Spätlese" geopfert werden, um die Schmerzen einigermaßen erträglich zu machen. Vielleicht sogar der besonders süße „Kröver Nacktarsch" – eine bei katholischen Geistlichen traditionell sehr beliebte Rebsorte. Den Baldachin zu tragen war übrigens reine Männersache. Gar nicht so einfach, eine der vier Stangen so zu jonglieren, dass der ganze Apparatismus nicht aus dem Gleichgewicht geriet. Wenn zwei Baldachinträger mehr als drei Promille intus hatten, konnte es kritisch werden. Wenn alle vier mehr als drei Promille intus hatten, und das war die Regel, hob sich das gegeneinander auf. Und konnte sehr lustig aussehen.

Der Hauptbestandteil der Blumenteppiche war übrigens Ginster. Der war so wunderschön gelb. Es gab am Dorfrand unendlich viel davon. Die Ginsterblüten ließen sich sehr gut zu Figuren wie Sternen oder Kreuzen zusammenstreuen. Und er passte farblich ideal zum Eierlikör, was sich offenbarte, wenn die eine oder andere Kranzflechterin ihn ausgerechnet während der Prozession mal nicht mehr bei sich halten konnte.

Heute ist Ginster ein absolutes „No Go!". Also ein totales „Datt jeht övverhoops nett!" Naturschutz als Spaßbremse! Aber nicht nur der Ginster als Streumaterial ist Vergangenheit. Das wochenlange gesellige Treiben in den Scheunen ist es auch. Leider! Ich fürchte, die eierlikörproduzierende Industrie wird sich davon nie mehr erholen. Die berühmte Firma „Ei-ei-ei-Verpoorten" muss heute herhalten für so Perversitäten wie „Eierlikör-Sushi" – hab ich kürzlich irgendwo gelesen. Schon bei dem Begriff kommt dem Eifeler das sprichwörtlich „kalte Kotzen". Selbstgemachten Eierlikör gibt es schon lange nicht mehr, der ist spätestens ausgestorben, als Jean Pütz die Hobbythek zumachte und sich stattdessen auf die persönliche Produktion

körpereigener Urenkel spezialisierte. Er nennt sie Kinder.

Ich fand Fronleichnam damals jedenfalls toll. Zugegeben – wenn es regnete, war die Prozession selbst natürlich nicht so vergnüglich. Man verstand dann als einfacher Gläubiger aber wenigstens den Sinn des Baldachins. Regenschirme waren ja total verpönt. Der Blick auf Pastor, Monstranz und Altar sollte absolut frei sein. Fronleichnam im Platzregen – eine der seltenen Situationen, in denen ich unseren Pastor um seinen Job beneidete. Und noch mehr um seinen Baldachin. Als schlichter Rekrut Gottes im pladdernden Schauer mit aufgeweichten Halbschuhen gemessenen Schrittes durch die matschige Blütenpampe waten und dabei ein Gemisch aus „Vater unser" und Regenwasser aus dem eigenen Mund blubbern spüren – nein, die uneingeschränkte Wohlfühl-Oase des prozessionalen Fünfsterne-Genusses sieht garantiert anders aus, habe ich damals gedacht. Sinngemäß. Dann vielleicht doch lieber Fegefeuer – da hast du wenigstens trockene Klamotten.

Aber wie gesagt: Das, worauf es wirklich ankam bei Fronleichnam, war ja sowieso die Vorbereitung. Und die war gottseidank nicht open air. Ausgelassene Wochen der grenzenlosen Freude im Heu. Oder sagen wir: Der fast grenzenlosen Freude. Und sobald du als Kind so groß geworden warst, dass du nicht mehr von unten gegen den Boden des Eierlikörglases gucktest, war die Freude tatsächlich sogar genauso ungetrübt wie das Gläschen selbst. Nach dem Ausschlecken.

Idole

Der Eifeler war immer schon berühmt für seine enorme physische Präsenz. Er galt als stark, gelenkig und geradezu außerirdisch begabt für die Koordination körperlicher Bewegungsabläufe. Diese Fähigkeiten schlummern vermutlich auch heute noch in seinen Genen. Nur gibt es nicht mehr so viele Gelegenheiten, das zu zeigen wie noch in den sechziger und siebziger Jahren.

Das Vorbild aller Jungs bei uns im Dorf war damals Hönke Hein. Der Sohn meines Onkels Albert. Onkel Albert tuckerte einmal am Tag mit Trecker und Anhänger langsam durchs Dorf, um die am Straßenrand abgestellten vollen Milchkannen einzusammeln. Die transportierte er zur Molkerei. Nach Imgenbroich. Sein Sohn Karheinz, „Hein", ging zu Fuß neben dem Anhänger, packte die beiden ersten Milchkannen, die am Straßenrand standen, in jede Hand eine, schwang die Kannen im Parallelschwung auf den Anhänger, dann die nächsten zwei Kannen, schwupp, hoch damit. Bis alle auf dem Hänger standen. Nicht, dass Onkel Albert währenddessen angehalten hätte. Er fuhr, wenn auch nicht allzu forsch, aber doch stetig weiter. Treckerte zur nächsten Einfahrt. Wieder kam es zum Hein'schen Parallelschwung. Und immer so weiter die Hauptstraße entlang. Die Bauern aus den Seitenstraßen mussten ihre Kannen mit der Schubkarre, dem Leiterwagen, dem eigenen Trecker oder wie auch immer bis zur Hauptstraße bringen. Und entstand mal eine etwas größere Lücke bis zur nächsten Kannen-Deponie, sprang Hein behende auf den Hänger. Kannen sortieren und ordnen. Wieder runter. Parallelschwung. Und zu den nächsten Kannen. Alles straff durchorganisiert. Hundert Prozent Konzentration waren gefragt. Konzentration – und Kraft. Den

Job konntest du nicht beiläufig im Vollerts-Kopp absolvieren. „Romp-schlomp", wie meine Mutter zu sagen pflegte. Nix da! Und sone randvolle Milchkanne dürfte nach meiner rückblickenden Schätzung durchaus zwanzig Liter gefasst haben. Und das macht, wie wir früher in unserer witzigen Art sagten, „nach Adam sei'm Riesen" eben auch rund zwanzig Kilo. Pro Kanne. Und das Gewicht der Kanne selbst kam ja noch dazu. Eisen, Stahl oder was das war. Auf jeden Fall Metall. Zweimal, sagen wir mal fünfundzwanzig Kilo. Parallel hochschwingen. Oben sauber absetzen. Das sicher täglich an die hundertmal. Manche Bauern hatten nur zwei Milchkannen, andere zehn. Insgesamt läpperten sich die Zentner. So eine Kanne, ich hab es mal probiert, kriegte ich als Sechzehnjähriger kaum angehoben. Nicht mal mit beiden Armen. Keine Frage: Hönke Hein war unser Held. Sobald wir Onkel Alberts Trecker aus der Ferne hörten, mit der Zeit entwickelt man ja ein feines Öhrchen für die unterschiedlichen Traktorengeräusche im Dorf, riefen meist gleich mehrere Jungs: „Dä Hein kött!" Wir ließen alles stehen und liegen, womit wir gerade beschäftigt waren. Stürmten zur Hauptstraße, wo wir uns ehrfürchtig an die Hecke drückten. Bloß nicht im Weg stehen. Ein bisschen Angst war aber auch dabei. Man könnte ja in den Schwungradius der fliegenden Milchkannen geraten.

Menschenskind, war das ein Event! Hönke Hein „in action". Genauso stellte ich mir den jungen Old Shatterhand vor. Als er als „Greenhorn" im Wilden Westen aufschlug. Bei uns in der Borromäus-Pfarrbibliothek gab es sämtliche Karl-May-Bände. „Winnetou I bis III" hatte ich schon als Zehnjähriger mindestens zwanzigmal gelesen. Die konnte ich fast auswendig. Bis auf die seitenlangen Landschaftsbeschreibungen, die hab ich grundsätzlich überschlagen. Old Shatterhand und Hönke Hein hätten in meinen Augen Zwillingsbrüder sein können. Beide so unfassbar stark. Und beide waren ohne Einschränkung die absoluten Idole meiner Kindheit. Old Shatterhand und Hönke Hein. Der letztere war für uns Eifelkinder natürlich viel greifbarer. Wir konnten ihn täglich leibhaftig erleben. Fast hautnah.

Dafür bin ich dem Schicksal, Gott oder wem immer, heute noch dankbar. Und er war ja sogar auch noch mein Vetter! Mein Vetter, der Milchkannonator! Aber solche Begriffe gab es damals noch gar nicht. Damals trainierte Arnold Schwarzenegger vermutlich noch auf irgendeiner entlegenen Ösi-Alm mit einem Einliter-Milchkännchen. Vielleicht auch mit zwei Einliterkännchen. Mag schon sein. Möglich auch, dass er den Parallelschwung schon für sich entdeckt hatte. Mehr aber auch nicht.

Vlommesch Berni – auch so ein Typ, der nicht wusste, wohin mit seiner Kraft. Fast zwei Meter groß, Bierfass-Wampe, Schultern wie Wilfried Dietrich, der legendäre „Kran von Schifferstadt", mehrfacher Olympiasieger im Ringen, Freistil und Griechisch-Römisch. Der hatte sie alle aufs Kreuz gelegt. Genau so eine Erscheinung war Vlommesch Berni. Mit Ringen hatte der aber nichts im Sinn. Mit Sport im olympischen Sinne ganz generell nicht. Bierstemmen war ja genausowenig olympisch wie Rouladenverdrücken nach Zeiten.

Es war eines Samstags im Juli. Bei uns auf dem Sportplatz war ein sogenannter Werfertag. Was ganz Neues. Weiß der Teufel, wer sich das hatte einfallen lassen. Normalerweise entstammten solche Ideen dem Hirn unseres Volksschullehrers, des Herrn Hedrich. Der unterrichtete die Klassen Fünf bis Acht,

Jungs. Alle vier Klassen gleichzeitig in einem Raum. Gesamtschule gab es in der Eifel damals schon, wir waren dem Rest der Welt halt immer schon voraus. In allem. Und Herr Hedrich war stets für eine Überraschung gut. Der zog auch schon mal den ganzen Vormittag mit seinen Jungs raus in den Wald. Sechs Stunden „Räuber und Gendarm" spielen. Das schweißte zusammen. Sowas wäre heute erst recht vonnöten, um die Parallelgesellschaften wirkungsvoll zu bekämpfen. Aber wer von diesen Berliner Hohlköpfen kommt schon auf die Idee, mal in der Eifel nachzufragen? Dabei liegen die Lösungen dort mitunter, wenn nicht auf der Straße, so aber doch womöglich im Wald. Oder im Hirn des ehemaligen Volksschullehrers.

Werfertag! Da kamen Kugelstoßer, Diskus- und sogar Speerwerfer von weit her. Alle in schicken Trainingsanzügen aus Polyester in Dunkelblau. Manche sogar mit weißen Streifen seitlich an Hosenbeinen und Ärmeln. Und ihre eigenen Sportgeräte brachten sie auch gleich mit. Äußerst beeindruckend. Sowas hatte es vorher bei uns im Dorf noch nie gegeben. Der Diskuswurf faszinierte mich am meisten. Da war einer aus Aachen von der DJK Frankenberg. Der spuckte jedesmal vor dem Wurf auf seinen Diskus, wienerte das edle Teil dann mit seinem Trainingsanzugsärmel noch blanker, als es eh schon war und wirbelte in vollendeter Technik durch den mit Sägemehl säuberlich in den Rasen markierten Wurfring. Die Scheibe flog wie ein Ufo durch den Frühabendhimmel, lag ganz ruhig in der Luft, als würde sie jemand auf unsichtbaren Händen tragen und drehte sich dabei unablässig um sich selbst. Die Sonne brachte die spiegelglatte Oberfläche zum Glitzern, und dann schlug das wunderliche Objekt bei zweiundvierzig Metern und fünfundsechzig Zentimetern mit seiner Metallkante ein, rasierte dabei ein Stück Rasen weg und blieb völlig unaufgeregt liegen. So, als wäre der rasante Flug für ihn, den Diskus, das Alltäglichste von der Welt gewesen. Gemessen wurde jeder einzelne Wurf mit einem Maßband, das aus einer kreisförmigen Schatulle gezogen wurde. Erinnerte mich stark an eine Bohnerwachsdose. War aber eine Maßband-Hülle. Weil dieses Maßband bei zwanzig Metern endete, war der Messvorgang eine hochkomplizierte Angelegenheit - mit Zwischenmarke, erneutem Anlegen undsoweiter.

Und genau in dem Augenblick, in dem Mahnesse Fränz laut „Zweiundvierzig Meter fünfundsechzig!" rief, der Fränz war nämlich als Kampfrichter eingesetzt, mit Armbinde, ein absolutes Highlight in seinem bisherigen Leben, genau in diesem Augenblick betrat Vlommesch Berni den Ort des Geschehens. Im „Blohlinge Kamesohl", im Blaumann, würde man heute sagen. Die Jummi-Stevvele von oben bis unten voller Kuhmist – dä Berni kam schließlich justament ausm Stall. Aufm Kopp die Schläjerkapp aus Mannschässter-Stoff, in einer undefinierbaren Farbe. Sowas zwischen verwaschenem Grün, dreckigem Blau und vergilbtem Grau. Die Kapp trug dä Berni vermutlich auch beim Schlafen. Absetzen tat er sie nur, wenn er sonntags in der Frühmesse „zur Kommelion" ging.

Berni sah den Diskus noch bei zweiundvierzig Metern fünfundsechzig einschlagen. Und knurrte in Richtung Mahnesse Fränz: „Jäff merr datt Dönk enns!" Und noch bevor der mit Dehnungs-Gymnastik schwer beschäftigte DJK-Spitzen-Athlet so richtig kapiert hatte, was überhaupt abging, marschierte Berni zum Wurfkreis, nahm den Diskus in seine Pranke und schleuderte „datt Dönk" in Richtung untergehende Sonne. Ohne Spucken. Aus dem Stand. Das Sportgerät flatterte wie eine besoffene Fledermaus durch die Abendluft. Der seitlich gestreifte Polyester-Stenz hatte nur ein mitleidiges Lächeln übrig für diesen ungehobelt bäuerlichen Dorftrampel – bis nach der üblichen Band-Mess-Verzögerung die Stimme von Mahnesse Fränz das werfertagsübliche Gemurmel deutlich übertönte: „Einundfünfzig Meter sechsundachtzig!" Ich meinte, einen gewissen Stolz in seiner Stimme mitschwingen gehört zu haben. Stolz auf den Stammesbruder.

Der DJKler, von Hause aus stark polyesterisiert, wirkte nun auf einmal auch noch paralysiert. Berni lüftete kurz die Mannschässter-Kapp, aber nur, um sich am Kopf zu kratzen. Und trottete wieder von dannen. Die Hände in den Hosentaschen seines Blohlinge Kamesohls, die Füße beim Gehen stark nach außen gestellt. So wie er es von Kindesbeinen an getan hatte. Sah ein bisschen aus wie Charlie Chaplin. Allerdings in der Eifeler XXL-Version. Fehlte nur noch das Spazierstöckchen von Charlie. Aber das wäre in Bernis Pranke vermutlich eh zerbrochen wie ein Streichholz. Und wie er so an mir vorbeischluffte, hörte ich, wie er vor sich hin murmelte: „Mott osser Pann hätt isch wikkter jeworrpe. Do öss wennestens ne Stöll dra!" („Mit unserer Pfanne hätte ich weiter geworfen. Da ist wenigstens ein Stiel dran!")

So ist er nun mal, der Eifeler! Auch im Moment des Triumphes den Kopf schon wieder voller innovativer Ideen.

Knickerbocker

Heute laufen die Jugendlichen in der Eifel modisch genauso rum wie überall sonst in der Welt. Die Mädels alle in knackengen Jeans. Und im Sommer natürlich bauchfrei. Was übrigens keinesfalls bedeuten muss, dass es an einem Bauch fehlt. Im Gegenteil. Was manche in nackter Pracht frei über den Gürtel schwabbeln lassen, verursacht beim unfreiwilligen Betrachter statt Augenschmaus eher einen stechenden Augen-Schmerz. So eine Burka hätte eben durchaus auch in der tiefen Eifel im einen oder anderen Fall ihre Vorteile. Nicht nur, weil sie das Gesicht verdeckt.

Die Jungs laufen ebenfalls in Jeans rum. Dazu T-Shirt und Turnschuhe. Die allerdings heute „Sneaker" heißen. Weil man damit lautlos schleichen kann wie weiland Lederstrumpf, wenn er sich an der Seite von Häuptling Chingachgook, dem letzten Mohikaner, an eine Gruppe besoffener Sioux anschlich. Die Jungs heute schleichen dahingegen eher, weil sie sich dermaßen cool fühlen, dass sie gar keine Notwendigkeit sehen, die Füße auch nur einen Millimeter mehr als nötig vom Boden zu entfernen. Schon mein Vater ermahnte mich beim Sonntagsspaziergang alle zwei Minuten: „Häff de Vöss opp!" Offenbar hatten männliche Jugendliche auch damals schon das „Sneaken" voll verinnerlicht. Obwohl wir gar keine Sneaker trugen. Sondern solide Sonntagsschuhe aus massiv Leder.

Am Sonntag trug man ja nicht nur Sonntags-Schuhe, sondern generell Sonntagsklamotten. Also die „guten Sachen". Weil sich das so gehörte. Das war Begründung genug. Wurde von niemandem auch nur ansatzweise in Frage gestellt. Und betraf ausdrücklich die ganze Familie. Auch die Kinder. Die

Eltern gaben sich alle erdenkliche Mühe, ihren Kindern am Sonntag rein kleidungsmäßig etwas ganz Besonderes anzutun.

Ich war vierzehn Jahre alt, da brachte das Christkindchen mir und meinem Bruder je einen neuen Sonntagsanzug. Eine sehr schicke Jacke in so einem blaugrauen Pepita-Muster mit einem leichten Stich in Richtung Fischgrat. Und die Hose, jetzt kommt's, die Hose war – ein „Knickerbocker". Ich kannte damals noch nicht mal das Wort. Geschweige denn hatte ich irgendeine Ahnung von der Existenz solch exotischer Beinkleider. Noch heute läuft es mir kalt den Rücken runter, wenn ich nur daran denke. An diesem heiligen Abend wurde mir jedenfalls binnen Sekunden klar, dass der Begriff „Bescherung" durchaus seine Berechtigung haben kann.

So eine Knickerbockerhose wurde unterhalb des Knies mit einem angenähten Bändchen plus Metallverschluss festgezurrt. Und dann fiel der Stoff eines jeden der beiden üppig weit geschnittenen Hosenbeine locker fluffig wallend über das Bändchen hinweg. Bis ungefähr zehn Zentimeter unters Knie. Eine Augenweide. Ich glaube, Heinz Rühmann trug in der „Feuerzangenbowle" solche Knickerbocker. Als „Schöler Pfeiffer". „Mit drei ‚F'". Dazu gehörten Kniestrümpfe in grauem Grundton. Mit grün-bläulichen Rauten drauf. Extrem wagemutige Eltern wählten auch schon mal welche mit einem rötlichen Rauten-Umriss. Und graue Halbschuhe. Alles in allem zweifellos ein absolutes Highlight der Männermode im ausgehenden zweiten Jahrtausend.

Die Reaktion der Dorfkinder wäre vermutlich auch nicht viel anders ausgefallen, wenn ich nackt zur Christmette gekommen wäre. Übrigens: Wenn du im Winter einen langen

Mantel über den Knickerbockern trugst, sah das aus, als hättest du vergessen, eine Hose anzuziehen – auch ein netter Effekt. Ich bin meinen Eltern heute noch dankbar. Endlich kam ich, der unscheinbare, schüchterne Eifeljunge, der nie den Mund aufkriegte, auch mal in den Genuss der allgemeinen Aufmerksamkeit. Knickerbocker! Ein echter Hingucker! Voll krass, würde man heute sagen.

In den kommenden Wochen mied ich sonntags die Öffentlichkeit, wo es nur ging. Und blieb nach dem Kirchgang lieber den ganzen Tag im Haus. Manchmal ließ es sich aber nicht vermeiden, raus zu gehen. Zum Beispiel, wenn ich für unseren Vater fünf Flaschen Bier holen musste. In der „Post". Und kaum hatte ich die Straße betreten, bildeten die anderen einen Kreis um mich herum und skandierten lauthals und ohne Ende: „Stuben-Hocker, Knickerbocker! Stuben-Hocker ..." Kinder können ja so mitfühlend sein.

Immerhin: Wenn ich mir dann vor lauter Scham und Angst in die Hosen machte – beim Knickerbocker konnte unten nichts rausfallen. Eine wirklich geniale Konstruktion. Auch unter erzieherischen Aspekten. Gute Eltern sind ja grundsätzlich bestrebt, ihre Kinder so zu erziehen, dass sie bescheiden bleiben. Sich nicht für was Besseres halten. Oder gar total abheben. Okay, die meisten Jugendlichen sind heute so verfettet, dass ein Abheben schon deshalb nicht zu befürchten ist. Aber wenn ich mir diesen Tokio-Hotel-Bill angucke – oder die Söhne von Uwe Ochsenknecht mit diesen typisch Eifeler Vornamen, Wilson Gonzales und Jimi Blue – da denke ich mir schon ab und an: Was denen mal richtig gut tun würde, wären zwei Monate Knickerbocker. Obwohl: Wenn die damit rumlaufen würden, wäre das vermutlich in Nullkommanix DER Modetrend überhaupt.

Die Straßen wären voll mit schicken Jungs in Knickerbockern. Mit Rauten-Strümpfen und grauen Schuhen. Mega-cool! Hammer!

Ich fürchte nur, das würde ich psychisch nicht verkraften. Dann wäre mein Knickerbocker-Trauma endgültig unheilbar perfekt. Nein – gar keine gute Idee! Sollte man schon im Ansatz knicken. Hab ich gar keinen Bock drauf.

Rasenmähen

In einem Punkt ist es in der Eifel nicht anders als überall sonst auf der Welt. Zur Verwirklichung des männlichen Egos ist Rasenmähen fast so wichtig wie Grillen. Oder auch die Potenz. Nach einer aktuellen Umfrage fürchten sich Männer übrigens vor Impotenz genauso stark wie vor dem Tod. Dabei ist der Tod das genaue Gegenteil von Impotenz. Für immer steif! Naja, sagen wir: zumindest für zwei Tage.

Der Rasenmäher ist praktisch der Ferrari des unterdrückten Ehemannes. Mein Nachbar zum Beispiel besteigt seinen knallrot lackierten Turbo-Rasenmäher, zweihundertfünfzig PS, hochgetunt, angeschrägter Frontflügel, grundsätzlich nur mit Integralhelm. Abgedunkeltes Visier, ist ja klar. Und sobald der Mann die Terrassentür Richtung Garten durchschreitet, nimmt sein Körper ganz automatisch diesen aufrecht-stolzen Michael-Schumacher-Gedächtnis-Gang ein!

Es kommt ja nicht von ungefähr, dass sich heute immer mehr Männer so einen Hightech-Motormäher zum Draufsitzen anschaffen. Mit Allradantrieb und Zwölfzylindermaschine. Auch wenn sie nur acht Quadratmeter Rasen haben. Den Boliden zieren Sponsorenaufkleber von „Red Bull" über „Microsoft" bis hin zu „Mediamarkt". Die wissen zwar nix davon, aber man sitzt dann einfach ganz anders drauf auf dem schwer zu bändigenden motorisierten Bullen. Und der dümmliche Einwurf der Ehefrau: „Aber Schatz, es ist doch noch gar kein Gras gewachsen!" zeigt nur, dass sie absolut nicht in der Lage ist, die Sachlage zu reflektieren. Erstens wissen wir inzwischen zur Genüge, dass der Glaube an ewiges Wachstum schnurstracks in die Krise führt. Und zweitens kann jeder Friseur bestätigen:

Wenn man nur die Spitzen schneidet, macht das den Wuchs kräftiger.

Es soll Männer geben, die auf dem Höhepunkt des Mährausches auf der Terrasse plötzlich ein megascharfes Boxenluder erblicken, das verführerisch mit den Augen klimpert, blonde Wallemähne, knapper Leder-Minirock, und natürlich ein Dekolleté, das die aufgespritzte Zwillings-Molkerei nahezu komplett in ihrer ganzen Pracht und Herrlichkeit freilegt! Um so schrecklicher der Schock, wenn da in Wirklichkeit die eigene Ehefrau mit Kopftuch und Kittelschürze auftaucht: „Schluss mit Spielen! Essen ist fertig! Und die Schluppen an, wenn du rein kommst!"

Die tieferliegende Bedeutung des Rasenmähens liegt bekanntlich im genetisch fixierten Bedürfnis des Mannes nach der Markierung seines Reviers. Ein Überbleibsel aus der Zeit des gebückten Ganges, der hohen Zeit des „homo kalterherbergiensis" also. Mit dem Unterschied, dass der Mann heute seine Markierungen nicht mehr per Urin setzt, oder sagen wir: Nicht mehr ausschließlich. Sondern eben ganz wesentlich auch durch den Rasenmäher. Damit markiert er die Grenzen des Grundstücks. Und der Nachbar tut das natürlich auch. Wer am lautesten röhrt, ist der Oberhirsch im Revier. Am lautesten – der Ausschlag nach oben ist entscheidend für Rang und Ansehen unter den Geschlechtsgenossen. Das kennt man schon vom in der Pubertät so beliebten Wetturinieren. Von anderen Disziplinen mit demselben Sportgerät mal ganz zu schweigen

Das Rasenmähen verursacht ja einen infernalischen Lärm. Unerträglich! Noch schlimmer sind nur diese Laubsauger. Oder Laubbläser. Die kommen ja immer mehr in Mode. Eine regelrechte Seuche. Und Lärm macht krank, das ist längst wissenschaftlich erwiesen. Wussten Sie, dass allein in Deutschland jährlich dreitausend Menschen an den Folgen des Straßen-Lärms sterben? Jetzt wird der eine oder andere sagen: „Wie?! An den Folgen des Straßenlärms sterben? Wie soll das denn gehen?" Ganz einfach: Wenn zum Beispiel der Enkel von der einen Straßenseite zur anderen rüber ruft: „Opa, bleib stehn!" Der versteht aber aufgrund des Straßenlärms „Opa, kannst gehn!" Schon ist es passiert.

In den fünfziger, sechziger Jahren war das mit dem Rasenmähen übrigens noch ganz anders. Motorrasenmäher gab es überhaupt nicht. Zumindest in der Eifel nicht. Und nur ganz wenige hatten überhaupt einen Rasenmäher. Wenn, dann so ein Ding zum Schieben. Alle zwei Meter steckte da unten in den rotierenden Messern ein Stöckchen drin. Oder ein Stein. Dann konntest du erst mal ne halbe Stunde in dem Mechanismus rumpulen. Meist hattest du am Ende auch noch sämtliche Finger gequetscht. War aber zumindest beim Ehevollzug gottseidank nicht weiter schlimm, „Vorspiel" war damals in der Eifel eh ein Fremdwort. Das haben die Besatzer erst peu à peu eingeführt.

Oder das Gras wickelte sich um die Achse. Dann blockierte auch alles. Ein Elend ohne Ende. Da bewahrheitete sich mal wieder, was wir Eifeler immer schon gesagt haben: Auf den Fortschritt verzichten heißt das Leben genießen!

Es ging ja auch anders. Mein Onkel Heinrich hat mir damals noch das Sensen beigebracht. „Morr Sesse miejene" sagten wir – „Mit der Sense mähen". „Morr Sesse miejene" – versteht der Hochdeutsche ja überhaupt nicht. Der Hochdeutsche und das Eifeler Platt sind eh zwei Dinge, die nun wirklich gar nicht zusammenpassen. Erzähl einem Hochdeutschen mal die klassische Eifel-Anekdote: Treffen sich zwei Putzfrauen, sagt die eine „Ich mach Diät!" „Okay", sagt die andere, „dann mach ich die Venster!" Da versteht der Hochdeutsche nur Bahnhof. Und guckt dich absolut verständnislos an.

Aber zurück zum Sensen. Das war schon eine hohe Kunst. Ich wundere mich heute noch oft, dass mir zwei einigermaßen komplett erhaltene Füße übriggeblieben sind. Das war beim Sensen keinesfalls selbstverständlich. Auf der anderen Seite war der Vorgang des Sensens durchaus geeignet, das Selbstwertgefühl eines jungen Mannes in der Eifel quasi in die Höhe schnellen zu lassen. Zumal, wie gesagt, so ein Draufsitz-Mäh-Ferrari noch nicht mal im verwegensten Traum existierte. Beim Sensen hattest du so eine Art Halfter hinten am Gürtel hängen. Sowas wie eine kleine Blumenvase aus Blech schlotterte da rum. Deshalb hieß das Ding auch „de Schlottervaas". Die war mit Wasser gefüllt, und darin steckte ein grauer Schleifstein. Wenn ich das Gerät am Gürtel hatte, kam ich mir jedes Mal vor wie Gary Cooper persönlich. „High Noon" – „Zwölf Uhr mittags". Und genau so stellte man sich dann auch hin. Leicht breitbeinig postierte man die Sense ganz lässig (damals sagte man noch „lässig" statt „cool") umgedreht, mit dem Stiel nach unten, auf den Boden, so dass das Sensenblatt etwa in Gesichtshöhe in der Mittagssonne glänzte.

Und dann blitzartig, keiner zieht schneller, den Schleifstein aus dem Patronengurt gerissen – und locker aus dem Handgelenk die Sense gewetzt: Sssst ... sssst .... sssst ... sssst ... immer abwechselnd rechts und links mit dem Stein an der Schneide des Sensenblatts entlang, dabei stetig von hinten nach vorn vorgleitend. Mit elegantem Schwung. Wie der Eifeler es im Blut hat. Drüben am Kaninchenstall lehnte ein kleiner

Junge und blies inbrünstig auf seiner Mundharmonika „Spiel mir das Lied vom Schleifstein". Der Sensenmann blickte aus zusammengekniffenen Augen ebenso furcht- wie gnadenlos auf die jämmerlichen Grashalme, deren Sekunden ein- für allemal gezählt waren. Und ich sage euch: Wenn in diesem Augenblick das Nachbarmädchen vorbeikam, spürtest du förmlich, wie es feucht wurde. In der Luft. Vor Erregung. Und wenn dann zufällig von der anderen Seite auch das andere Nachbarmädchen noch erschien, kam das Vibrieren der Eifersucht noch hinzu. Warum sind Frauen eigentlich so fürchterlich eifersüchtig? Viel eifersüchtiger als Männer? Das ist zumindest mein Eindruck. Alice Schwarzer wird das sicher ganz anders sehen. Keine Frage. Aber ich schätze mal, Jörg Kachelmann würde mir in diesem Punkt durchaus zustimmen.

Ich denke manchmal: Frauen sind vielleicht auch so eifersüchtig, weil sie nie sensen durften. War ja eine reine Männer-Domäne. Ich könnte das sogar gut verstehen. Zugegeben: Wenn ich den Schleifstein zum Einsatz gebracht hatte, schnitt die Sense hinterher kein bisschen besser als vorher. Eher im Gegenteil. Aber trotzdem! Das war schon ein verdammt scharfes Gefühl, wenn du da so standst – in der Mittagsonne, „High Noon": Sssst ... sssst ....sssst ...sssst ...

Mein Bruder im Geiste weiß genau, was ich meine. See you later, Gary!

Schaukelweitsprung

Wenn wir früher in der Eifel von vielem eins hatten, dann war das wenig. Das schlug sich schon in der Sprache nieder. So ein Satz wie „Wenig Haare hast du in letzter Zeit aber viel bekommen!" konnte nur in der Eifel entstehen.

Und weil wir so viel so wenig hatten, mussten wir das, um irgendwie überleben zu können, ausgleichen durch besonders viel Phantasie. Richtig viel! Ideen hatte der Eifeler immer schon ohne Ende. Oder wie er selbst es ausdrückt: „Ze baschte!" „Baschte" heißt „spalten", „kaputtmachen". „Ze baschte" bedeutet also: Du kannst die Ideen ruhig kaputt machen, es bleiben immer noch genug übrig. Weil es so endlos viele sind. Ideen „ze baschte" eben. Und das fing in der Kindheit schon an. Weil wir kein Schwimmbad hatten, stauten wir im Sommer den Dorfbach an einer strategisch günstigen Stelle mit dicken „Wagge", also Steinen, mit Stämmen, Laub und Ästen. Die Lücken wurden nach bestem Wissen und Gewissen gestopft mit ausgerissenen Grasbüscheln. Mit Erde dran. Der Damm war dann zwar nicht ganz dicht, genauso wenig wie wir selbst, aber es reichte, um zumindest ein überdimensionales Planschbecken anzustauen. An der tiefsten Stelle hätte es sogar zum Schwimmen gereicht. Wenn einer hätte schwimmen können.

Was die sommerliche Freizeitgestaltung anbelangte, hatte ich wirklich unverschämtes Glück gehabt. Wir hatten nämlich auf dem Hof bei uns vorm Haus eine riesige Schaukel. Nicht so ein pisseliges Ding aus bunt angemalten Eisenstangen und mit Plastiksitzen. Die gab es damals noch nicht mal im Kaufhof in Aachen. Nein, da hatte jemand, mein Opa, könnte sein, zwei richtig massive Holzstämme tief in den Boden gerammt.

Wahrscheinlich sogar einbetoniert. Mit ebenso massiven Schrägstreben abgestützt. Und oben quer, das gesamte Gebilde war mindestens drei Meter hoch, war wiederum ein Rundbalken verankert. Nach allen Regeln der Zimmermannskunst. Unsere Schaukel war dermaßen stabil, die wäre garantiert nicht mal ins Wanken geraten, wenn Klösjes Bruhn in der Johannisnacht mit der vollen Wucht seines besoffenen Quadratschädels dagegen gelaufen wäre. So stabil war die. Oben zwei Eisenhaken reingeschraubt, zwei richtig dicke Taue dran, Schaukelsitzbrett, fertig. Die Höhe des Bretts konnte man sogar verstellen.

Und wir Jungs hatten uns eine Spezialdisziplin ausgedacht, wir nannten sie „Schaukelweitsprung". Eine wirklich aufregende Sache. Man stellte das Brett möglichst tief ein, klar, so kriegte man ja einen größeren Radius für den Schwungkreis. Musste aber schwer aufpassen, dass man am tiefsten Punkt die Beine streckte. Denn wenn du mit den Füßen den Boden berührt hättest, hättest du anschließend leicht aussehen können wie unser damaliges großes Idol Graf Berghe von Trips nach seinem Crash 1961 in Monza. Gar kein schöner Anblick.

Und jetzt kam es darauf an, den idealen Absprungpunkt zu finden. An dem man das Schaukelbrett verließ. Denn der Schwung sollte einen möglichst weit nach vorn tragen. Und nicht nach oben. Es hieß schließlich „Schaukel-Weit-Sprung". Der Landepunkt wurde sofort vom Kampfrichter markiert. Durch einen Strich, „ne Schrohm". Mit dem Absatz in den Dreck unseres Hofes gezogen.

Wir erzielten bei dieser Sportart übrigens recht spektakuläre Flugkurven. Einmal konnte ich auf dem Scheitelpunkt meines Fluges durchs geöffnete Küchenfenster in den Kochtopf gucken. Und die Küche war im ersten Stock. Ich sah es genau: Vanillepudding! Und noch vor der Landung war mir der Appetit komplett vergangen. Denn Vanillepudding, das bedeutete meistens: Knubbeln! Und Haut! Diese Beobachtung katapultierte mich derart aus dem Konzept, dass ich eine völlig indiskutable Weite erzielte. Und mir bei der Landung auch fast noch den Knöchel verstaucht hätte.

Das bringt mich auf eine ganz andere Episode. Eines Tages kam eine Motorrad-Hochseil-Artisten-Truppe in unser Dorf. Eine Jahrtausend-Sensation. Die spannten ein Stahlseil vom Boden bis zur Kirchturmspitze. Und über dieses Seil fuhr dann einer der Artisten auf dem Motorrad hoch bis zur Turmspitze. Und wieder zurück. Während unter ihm sein Kollege an einem Trapez turnte, das am Motorrad befestigt war.

Ich war damals acht Jahre alt. Und wusste von dem Tag an ganz genau, was ich einmal werden würde. Schon gleich am folgenden Nachmittag begann ich mit meiner Berufsvorbereitung. Ich pumpte die Ballonreifen meines Rollers schön prall voll und begab mich zum Schulhof. Der war straßenseits von einer zwei Meter hohen Mauer begrenzt. Der Schulhof lag aber etwa einen Meter höher als die Straße, so dass ich die Mauer von dort aus leicht erklimmen konnte. Den Roller zog ich zu mir hoch, und mein erstes, bescheidenes Ziel war es nun, die etwa dreißig Meter lange Mauer mit meinem Roller zu befahren. Erst noch mit den Händen am Lenker. Natürlich ohne Helm, schon weil ich gar keinen besaß. Und auch ohne künstlichen Sauerstoff. Und das bereits zu einer Zeit, als Reinhold Messner noch mit dem Ziegenpeter aus Haselnusszweigen Flöten schnitzte. Die ersten fünf Meter fluppte meine Roller-Nummer wie geschnitten Brot. Aber dann muss mich wohl ein größeres Konzentrationsloch erwischt haben, das mich vollkommen aus dem Gleichgewicht brachte. Ausgerechnet zur Straßenseite hin. Und das kann für einen Motorrad-Hochseil-Artisten auch in diesem Anfangsstadium der Berufsausbildung fatale Folgen haben. Ich weiß heute nicht mehr zu sagen, was stärker war, der anhaltend stechende Schmerz, die Verwunderung darüber, wie schnell man am Knöchel zunehmen kann, ohne irgendetwas zu essen – oder der Geruch von „Essigsaure Tonerde", die meine Mutter hektoliterweise in meinen Fußverband kippte. Was mich aber in den kommenden Tagen und Wochen mit Abstand am meisten faszinierte, waren die radikalen Farbwechsel an der Haut meines Knöchels, manchmal innerhalb weniger Stunden. Ein Naturschauspiel der Extraklasse. Dagegen verblasst selbst der schönste Regenbogen zu einem farbschwachen, langweiligen Nichts.

Allerdings: Mein Ausflug ins Artistengewerbe hatte keinesfalls nur erfreuliche Folgen. Versuchen Sie mal, beim Schaukelweitsprung auf einem Fuß zu landen.

Wimmere-Ernte

Der Eifeler ist ja bekanntlich ein Mensch, der von Hause aus tief und unerschütterlich in sich ruht. Eine in Worten kaum zu fassende innere Gelassenheit zeichnet ihn aus. Und ein Optimismus, der seinesgleichen sucht. Egal, wie groß das Elend auch immer sein mag, das dem Eifeler entgegenschlägt, er denkt immer positiv. Für sich, aber auch für den Mitmenschen. Wenn meine Oma früher an einem total runtergekommenen Haus vorbeikam, einer Bruchbude, die man getrost als Bauruine hätte bezeichnen können, in der aber noch Menschen hausten, dann sagte sie mit einem tiefen Seufzer: „Nee, kickens, watt'n Zuversicht!" Dahinter steckte ihre tiefe Überzeugung: Anders, ohne eine außergewöhnliche Zuversicht, kann man dieses Elend doch gar nicht ertragen! Nee, watt'n Zuversicht – das ist die Grundeinstellung des Eifelers! Aufgeben gilt nicht. Ich habe mir diese innere Einstellung von Oma jedenfalls auch zu eigen gemacht. Egal, wie groß das Elend auch immer sein mag, das mir entgegenschlägt, ich denke auch grundsätzlich erst mal ganz spontan: „Nee, watt'n Zuversicht!" Zuversicht ist allüberall! Oder sollte es zumindest sein.

Übrigens: Bauruinen in dem Sinne, wie Oma sie noch erleben musste, gibt es in der Eifel ja schon lange nicht mehr. Mit der Baufälligkeit haben allerdings viele der schönen alten Bauernhäuser auch ihren ursprünglichen Charme komplett verloren. Die meisten davon sind inzwischen von Kölner und Düsseldorfer Millionären aufgekauft, entkernt und mit viel Kohle auf Hochglanz versaut worden. Anders kann man das wirklich nicht ausdrücken. Versaut – das ist genau das richtige Wort. Dieser Trend ging schon los, als ich so ungefähr sechzehn Jahre alt war. Eines Tages, ich erinnere mich genau, kam mein Freund Karli zu mir und sagte: „Die Kölner, die das Strohdachhaus neben dem Dorfweiher gekauft haben, bei denen war ich auf der Einweihungs-Party. Du glaubst es nicht, die haben eine goldene Kloschüssel!" „Ja sicher", hab ich gesagt, „eine goldene Kloschüssel! Karli, du warst besoffen! Das ist alles!" „Okay", sagt Karli – und schleppt mich mit zu besagtem Haus. Klingelt, die Hausherrin öffnet die Haustür, und Karli: „Mein Freund will nicht glauben, dass Sie ne goldene Kloschüssel haben!" Daraufhin dreht die Frau sich um und ruft nach hinten ins Haus: „Hermann, hier ist das Schwein, dass in deine Posaune geschissen hat!" Das ging dann natürlich blitzschnell im Dorf rund. Wie das berüchtigte Lauffeuer. Bis hin auch zu Karlis Eltern. Und dem Karli nützte in dieser Situation nun auch die allergrößte Zuversicht nicht mehr viel. Das muss ich zugeben.

War aber auch ein absoluter Ausnahmefall. Vermutlich der sprichwörtliche, der die Regel bestätigt. Änderte auf jeden Fall nichts daran, dass wir Kinder stets mit besonders großer Zuversicht in die Sommerferien gingen. Obwohl die bei Licht betrachtet für uns Eifelkinder auch nicht immer nur schöne Seiten hatten. Zumindest nicht für meinen Bruder und mich. Von wegen sechs Wochen auf der faulen Haut liegen, Fußball spielen und in Bäume klettern. Ferien waren zwar eine schulfreie Zeit, aber deswegen noch lange keine elternfreie. Und erst recht keine arbeitsfreie. Unsere Eltern hatten jede Menge ausgeklügelte Foltermaßnahmen im Köcher. Zum Beispiel Brennesseln pflücken. (Die waren damals noch nicht mit allen möglichen Giften belastet. Und man schrieb sie auch noch nicht mit drei „n" in der Mitte. Sondern mit zwei. Ich tue das übrigens auch heute noch!) Unsere fünfzehn Schwestern waren dazu entweder noch zu klein oder sie waren noch gar nicht geboren. Oder zu zart und zu schade fürs Brennesselnpflücken.

Die Mädchen durften ja nicht mal Platt sprechen. Wir Jungs schon. Aber den Mädchen war das verboten. Weil sie Mädchen waren. Das musste als Begründung reichen. Mädchen durften ja auch nicht fluchen. Jungs eigentlich auch nicht. Aber wenn wir es taten, war Vater doch insgeheim ziemlich stolz. Mama weniger. Aber was zählte das schon im Eifeler Patriarchat?!

Brennesseln waren der Spinat der Nachkriegszeit. Schmeckten auch wirklich klasse. Gekocht, mit Kartoffeln zusammengeknatscht. „Sieschlinde" – ist ja klar. Das war DIE Kartoffelsorte überhaupt damals. Und vom selben Teller dann hinterher den Schokoladen-Pudding. Das hatte was. Schon rein farblich. Vom Geschmack wollen wir hier mal gar nicht reden. Das Problem bei den Brennesseln war: Du brauchtest schon mindestens fünf Eimer voll, um nachher zwei Esslöffel Brennesselspinat zu kriegen. Und hinzu kommt noch, dass wir möglichst die ganz jungen, kleinen Pflänzchen pflücken sollten. Und von denen auch nur die Spitzen. Die schmeckten am besten.

Ich hasste das Brennesselnpflücken. War aber gleichzeitig ein Meister darin. Handschuhe waren übrigens total verpönt. Außerdem brannten die Stacheln durch die Wollhandschuhe durch. Und andere hatten wir nicht. Wir pflückten mit Schere. Das bedurfte schon einer gewissen Geschicklichkeit. Erst ein flotter Schnitt mit der Schere – und bevor die abgeschnittene Spitze den Boden im Fallen erreichte und im Dickicht verschwand, musste man sie mit der Schere wieder gepackt haben.

Ganz sanft. Wie mit einer Pinzette. Aber eben nicht wieder durchschneiden. Das war die Kunst. Dazu brauchtest du vor allem eins: Ein Wahnsinnsgefühl in den Fingern! Deshalb waren und sind wir Eifeler Jungs ja auch bei Frauen in aller Welt so wahnsinnig beliebt. Wegen unseres überirdischen Feingefühls in den Fingern! Ein Städter kann das gar nicht haben. Weil er nie Brennesseln pflücken musste. Oder durfte. Je nachdem.

Und dann war da ja auch noch die Löwenzahnernte. „Latze stäsche". Die gezackten Blätter des Löwenzahns, die „Latze", wurden, noch bevor sich eine Blütenknospe bildete, mim Taschen- oder auch Kartoffelmesser kurz oberhalb der Wurzel überirdisch guillotiniert. „Gestochen". „Jestäsche". Gab einen prima Salat! Heute gelten, glaub ich, die Blüten als Delikatesse. Das war damals nicht der Fall. Die hießen bei uns übrigens „Hongsblomme". Vermutlich, weil die Hunde gern daran pinkelten. Daher wohl auch der würzige Geschmack, liebe Gourmets und Fernsehköche. Und später, nach der Blüte, mutierten die gelben Hongsblomme auf wundersame Weise zu den beliebten Pusteblumen. Damit können Sie auch heute noch jedem Kind eine große Freude bereiten. Und so manchem verspielten Erwachsenen auch. Und jedem Pollenallergiker sowieso. Allergien gab es damals noch nicht. Eine typische Zivilisationskrankheit. Und wenn der Eifeler überhaupt schon mal Symptome einer Allergie zeigte, dann handelte es sich um einen Allergie gegen die Zivilisation.

Und gegen Mitte bis Ende August folgte dann die Ernte der Johannisbeeren! „Wimmere" hießen die bei uns. Anderenorts sagte man auch „Wimmele" oder „Wiejemele"! Und Stachelbeeren! „Knueschele"! Nicht etwa mit „ü" zu sprechen, sondern mit „u" und „e" getrennt: Knu-e-schele! (es gibt regional auch hier leichte Abweichungen: Knoschele zum Beispiel).

Wenn die erntereif waren, hieß es bei uns zu Hause: „Ihr zwei", gemeint waren mein Bruder und ich, die Mädchen, unsere fünfzehn Schwestern, waren selbstverständlich, genau wie beim Brennesselnpflücken, zu fein dafür, „ihr zwei jeht jetz enns zu Tant Mattillsche. Die hat doch den janzen Jarten voll mit Wimmere und Knueschele. Unn die hatt ett doch eso im Kreuz. Die iss froh, wenn ihr die pflückt! Sonst faulen die der nur weg. Oder die Vögel fressen sie auf. Wär doch schad!"

In Wirklichkeit waren die Zusammenhänge ganz andere. Um die zu verstehen, muss man wissen, dass Tant Mattillsche wirklich den Garten rappelvoll hatte mit Wimmere- und Knueschele-Sträuchern. In der Mehrzahl waren es Wimmereshräucher. Sicher an die fünfundzwanzig Stück. Die waren aber alle uralt. Und je älter so ein Wimmerestrauch wird, um so mehr wächst er in die Breite. Und verknorpelt und verästelt sich von Jahr zu Jahr stärker. Dann musst du richtig da drunter krabbeln, um den Strauch auch von unten abzuernten. Geht nicht anders. Und das hätte die Möglichkeiten von Tant Mattilsche wirklich deutlich gesprengt. Oder genauer gesagt: Das hätte jeden einzelnen Wimmerestrauch deutlich gesprengt. Ich will die figürliche Beschaffenheit von Tant Mattillsche mal mit einem Gleichnis beschreiben. Als ich zehn Jahre alt war, ging ich im Martinszug unmittelbar hinter dem Sankt Martin. Und als ich von hinten auf das Martinspferd blickte, das war so ein strammer Eifeler Ackergaul, wie er im Buche steht, da dachte ich spontan bei mir: „Menschenskind, wie Tant Mattillsche aus dem Gesicht geschnitten!"

Übrigens: Die roten Wimmere schmeckten roh überhaupt nicht. Die zogen dir im Mund alles zusammen. Fast wie Schlehen.

Wer ne Handvoll Schlehen aß, galt entweder als besonders mutig oder als schwer behindert. Die schwarzen Wimmere dagegen schmeckten schon. Aber erstens gab es davon, warum auch immer, weitaus weniger als rote. Und zweitens hattest du nach spätestens zehn Minuten an den schwarzen „drr Kei“. So nannte man das bei uns. Wenn man sich an was überfressen hatte. „Nee – do hann isch drr Kei dra!“ Das geht vermutlich zurück auf den französischen Einfluss aus der Zeit der napoleonischen Besatzung. „Caille botte“ heißt im Französischen „Quark“. Daher wohl das Eifeler Wort „Mackei“, das zu Omas Zeiten eben auch für „Quark“ stand. Mackei war als extrem billiges Lebensmittel sehr verbreitet. Und galt nicht unbedingt als Delikatesse. Und um im Bedarfsfall nicht jedes Mal eine hochdeutsch gestelzte Aussage vom Stapel lassen zu müssen wie „Das habe ich inzwischen so oft gegessen wie Mackei. Das hängt mir echt zum Halse raus! Da ekele ich mich regelrecht vor.“ Sagte der Eifeler in seiner pragmatischen Art stattdessen eben lieber kurz und knapp „Do hann isch drr Kei dra!“ Jedenfalls will ich nicht ganz ausschließen, dass die Zusammenhänge ungefähr so gewesen sein könnten.

Und die Knueschele, um nach diesem kleinen Ausflug in die Sprachgeschichte wieder zurückzukehren in die Ernte- und Feinschmeckerkultur des Nachkriegseifelers, die Knueschele schmeckten nur, wenn sie ganz reif waren. Am besten schon überreif. Dass sie einem zwischen den Fingern fast schon „zerpruttschten“. Die waren dann nicht mehr grün, sondern changierten schon in ein matschiges Gelb-Grau. Aber sie erreichten diesen Zustand höchst selten. Weil sie vorher schon gepflückt waren. „Jeplott“. Zum Beispiel von meinem Bruder und mir.

Speziell die Wimmere-Ernte erfüllte übrigens eine wichtige Funktion im Kreislauf der Natur. So, wie die Bienen und Hummeln die Samen der Pflanzen transportieren, so transportierten die Eifeler Kinder beim Wimmereplöcke allerhand Kleingetier in neue Lebensräume. Deine Unterhose war hinterher voller Ameisen – nun muss man allerdings auch betonen: In so einer Schiesser Doppelripp-Feinripp, mit Eingriff, zum Reinwachsen gekauft, war auch wirklich genug Platz für Ameisen, Spinnen krabbelten durch deine Haare, und dein Hemd war von innen besetzt mit Mistkäfern, Schmetterlingslarven, Schnecken und Stechmücken. Und deine Hände und Unterarme sahen nach kürzester Zeit aus, als kämst du geradewegs aus dem Tätowierstudio. Unterm Strauch warst du schon nach zehn Minuten vor lauter Jucken und Schmerzen total am wimmern. Da wusstest du wenigstens, warum die Dinger so hießen: Wimmere.

Der Begriff „Tätowier" ist ja übrigens, das wissen die wenigsten, auch aus dem Eifeler Platt abgeleitet. Als der erste mit so einem in die Haut eingeätzten Bildchen auftauchte, sagten die Eifeler total von den Socken: „Watt hat dä do weer?!" („Was hat der da wieder?!") Und der Hochdeutsche hatte nichts Eiligeres zu tun, als dieses „dä do weer" zu verballhornen in „Tätowier". Das klang ihm vornehmer als „dä do weer". Da kommt das jedenfalls her: „Watt hat dä do weer?!"

Damals war so eine ätzende Hautmalerei eine exotische Ausnahmeerscheinung. Heute ist das Tattoo vor allem für viele Männer genau so eine Prinzipsache wie die selten gewechselte Unterhose. Nach einer aktuellen Statistik wechselt jeder zweite Mann nicht täglich die Unterhose. Für die Mehrzahl der Männer ist das die einzige Möglichkeit, wenigstens mal ein bisschen Farbe in ihr ansonsten so eintöniges Leben zu bringen.

Alles hat ja seinen tieferen Sinn. Und so ist es natürlich auch bei der Wimmere-Ernte. Wie heißt es schon in der Bibel: „Unter Schmerzen wirst du die Wimmere ernten, aber Mama verzaubert die Früchte anschließend am heimischen Herd zu einem köstlichen Gelée." Und genau so war es auch bei uns zu Hause. Am Ende des Sommers hatten wir im Keller eine ganze Batterie von Gläsern mit Wimmere-Gelée im Regal stehen. Auf jedes einzelne Glas kam ja beim Einkochen statt Deckel ein Stück Zellophan. Mit nem Gummi außen drum rum. Das Zellophan dellte sich dann hinterher stark nach unten ein. Und spannte sich knallhart. Das ist, glaube ich, Physik. Wenn das Ganze kalt wird, entsteht dieser Effekt. Das interessierte mich als Kind allerdings weniger. Was mich dagegen brennend interessierte: Wenn du in dieses knallhart gespannte Zellophan mit einem Nädelchen reinpiekstest, machte das ungefähr so: „Pack-tschschschsch ..." Das fand ich super. War ich regelrecht hin und weg vor Begeisterung. Konnte ich gar nicht genug von kriegen. An einem Wintertag bin ich mal runter in den Keller und habe da sämtliche Gläser ... „pack-tschschschsch... pack-tschschschsch ... pack-tschschschsch ...." und immer so weiter. Herrlich! Eins der schönsten Erlebnisse meiner gesamten Kindheit. Ich durfte dann den folgenden Samstag, und auch noch den Sonntag, und sogar auch noch die Nacht dazwischen den Gläsern im Keller Gesellschaft leisten. Aber ich hatte an dem Wochenende eh nichts anderes vor.

Und unmittelbar auf das Gelée kam ja noch ein Stück Zellophan. Noch vor dem anderen. Ein kreisrund ausgeschnittenes. Das „Einmachhäutchen". So nannte Mama das. Ich musste dabei immer an ein ganz anderes Häutchen denken. Und als ich mit dem später zum ersten Mal in echt in Berührung kam, da musste ich sinnigerweise an das Wimmere-Gelée denken. Das Leben hält manchmal wirklich seltsame Zusammenhänge bereit.

Das Einmachhäutchen wurde, bevor es mit spitzen Fingern behutsam auf das noch heiße Gelée drapiert wurde, in Alkohol getränkt. Und zum guten Schluss dann noch mit Ostmann's Einmachpulver bestreut. (Bitte nicht an dem anderen Häutchen ausprobieren!) Das sollte die Schimmelbildung verhindern. Funktionierte aber nie so ganz. Am Rand enstand trotzdem immer ein bisschen Schimmel, der dann im Laufe der Zeit auch tief in das Gelée einzog. Weshalb man das ja auch das Penicillin der Eifel nannte. Sollte gegen alles Mögliche helfen. Oma sagte immer, wenn wir Kinder erkältet waren: „Hühnersuppe mit Wimmere-Gelée, das hilft!" Dann wusstest du hinterher wenigstens, woher der Brechreiz kam.

Und wenn meine Schwestern dann im Winter das köstlich wabbelnde Wimmere-Gelée runterschlangen, als wäre es das Selbstverständlichste von der Welt, dass diese mit viel Opekta schnittfest eingekochte Delikatesse auf dem Tisch stand, dann schloss ich jedesmal die Augen und versuchte, es durch eine extreme Gedankenkonzentration hinzukriegen, dass die Ameisen aus meiner Sommer-Unterhose noch nachträglich in die meiner Schwestern rüberwandern mögen. Die Ameisen haben mir leider nicht ein einziges Mal diesen Gefallen getan. Was ich im Nachhinein allerdings auch wieder gut verstehen kann. Noch heute, wenn ich mir diese Pluder-Böllermänner vor Augen führe, die meine Schwestern unten drunter trugen, aus so einem dicken rosa Baumwollstoff, außen glatt und leicht glänzend, innen angeraut, mit einem Gummizug oben knapp unterm Kinn, unten an jedem Bein ein zusätzlicher Gummizug knapp überm Knie, darüber das sogenannte Leibchen mit den völlig ausgefranselten Strumpfhaltern unten runterambaumeln, da hab ich beim bloßen Gedanken daran heute noch Magen. Und ich sage euch: Wenn ein Völkerkundler diese Montur auch nur ein einziges Mal zu Gesicht bekommen hätte, der hätte sich nie mehr darüber gewundert, dass Sex in der Eifel grundsätzlich nur im Dunkeln gemacht wird.

Aber auch im Stockfinstern dürfte so mancher junge Eifeler Mann bei seinen Tastversuchen in der Hochzeitsnacht ganz spontan gedacht haben: „Nee, watt'n Zuversicht!"

Eisbahnschlagen

Früher gab es ja noch Schnee in der Eifel. Und frag nicht, welche Massen. Ende August fielen meistens die ersten Flocken. Anfang September lag schon ein Meter fünfzig. Und spätestens im November war es dermaßen arktisch schweinekalt, da fing es bei minus zehn Grad praktisch schon an zu tauen, so kalt war es damals. Da hätte Mama gern schon mal gesagt: „Kinder, macht den Kühlschrank auf, damit es ein bisschen wärmer wird in der Wohnung!" Wenn es denn einen Kühlschrank gegeben hätte!

Und dann lag aber durchgehend bis Ostern eine geschlossene Schneedecke. Längs der Hauptstraße hatte der Schneepflug drei Meter hohe Schneemauern aufgetürmt. Und die waren auch nach Wochen noch richtig blütenweiß. Autos mit ihren dreckigen Rußemissionen gab es ja noch nicht. Die einzigen Farbtupfer in der weißen Pracht waren in etwa ein Meter Höhe die gelben Spuren des nächtlichen Pinkelstreufeuers der ortsansässigen Männlichkeit. Ein erfrischendes Erlebnis war es übrigens, wenn du als Mann besoffen beim Pinkeln vornüber in den Schnee kipptest. Das Ergebnis war dann meistens ... der Sternekoch würde sagen: Gefrorener Schrumpf-Zipfel an Eierschnee.

Und jeder Hausbesitzer machte seine ganz eigene Durchgangsöffnung in die Straßenmauer aus Schnee. Das waren oft wahre architektonische Meisterleistungen des Eifeler Winterbarocks.

Der Schneepflug wurde seinerzeit noch von Pferden gezogen. Für uns Kinder ein tolles Erlebnis. Wenn es auf einmal wie ein Lauffeuer durchs Dorf ging: „Drr Schniejeploch kött!"

Der damalige Schneepflug sah ganz anders aus als die heutigen gebogenen Kratzschaufeln. Er hatte die Form eines „V". Mit der Spitze nach vorn. Und bestand aus zwei riesigen, massiven, sehr schweren senkrecht stehenden Holzwänden. Man könnte auch sagen: aus zwei Wahnsinnsbrettern. Jedes davon sicher zehn Meter lang, einen Meter hoch und fünf Zentimeter dick. Oben drüber, auf etwa halber Länge, quer eine ebenso massive Horizontal-Bohle. Zum Stabilisieren. Hätte man sich auch drauf setzen können. Durften wir aber nicht. Das ganze Gerät hatte hinten am offenen Ende des V's genau die Breite der Hauptstraße. So musste man nicht in zwei Richtungen räumen. Und vor die tonnenschwere Schneepflug-Anlage hatte man acht Pferde gespannt. Und „Jö da!" Ab ging's! Ein Spektakel der absoluten Extraklasse!

Die Räumung der Nebenstraßen war Sache der Anwohner. Mit der Schaufel wurde das erledigt. Morr Schöpp". Genauso wie das kleine Pfädchen, „datt Päddsche", das man bis zur Haustür freischöppte.

Aber für uns Kinder blieb auf den Nebenstraßen immer noch genug Platz, uns ne Eisbahn zu schlagen. „Ihßbahn schlah", eine der beliebtesten Freizeitbeschäftigungen der Heranwachsenden in der Wintereifel. Die Eisbahn musste logischerweise erst mal hergestellt werden. Ein mühsames Geschäft. Funktionierte nach dem Prinzip „Vom Kleinen zum Großen". Man fing ganz winzig an. Versuchte, das erste Stückchen Schnee in Eis zu verwandeln. Nach einem riesigen Anlauf rutschte man mit möglichst viel Schwung beidfüßig über den festgetrampelten Schnee. So weit es ging. Immer wieder von Neuem. Bis der Schnee noch fester wurde. Und vor allem glatter. Und am Ende war das dann spiegelglattes Eis – das war die erklärte Absicht. Erst ein Meter, dann fünf Meter, dann zehn. Bis zu zwanzig Meter – und so etwa vierzig Zentimeter breit. Das reichte. Jetzt konnte der Spaß beginnen. Anlauf bis kurz vor den glattpolierten Startpunkt, und dann schosst du, auf zwei hintereinander stehenden Füßen, mit einem Wahnsinns-Speed über die Eisbahn.

Die Arme hieltst du waagerecht zur Seite. Und benutztest sie so zum Steuern. Gleichzeitig als Balancierstange. Du durftest die vorgegebene Eis-Trasse unter keinen Umständen seitlich verlassen. Denn dann bremste der Schnee die Fahrt jäh ab. Und der Gleit-Rausch endete unweigerlich im schmerzhaften Sturz. Ziel der ganzen Aktion war es, möglichst die ganze Bahn durchzurutschen. Von Null bis zum Ende. War aber kaum zu schaffen. Und so galt: Wer am weitesten kam, hatte gewonnen.

Wer so Eisenplättchen unter den „Schischuhen" hatte, war natürlich im Vorteil. Damals trug man den ganzen Winter über Schischuhe. Anfangs sogar auch die Mädchen. Selbst sonntags. Bis diese unsäglichen „Moon-Boots" auftauchten. Eine der größten Geschmacksverirrungen der Neuzeit. Noch peinlicher waren nur die langen Unterhosen der Jungs. „Schiesser, Doppelripp-Feinripp. Mit Eingriff". Aber die sah man wenigstens auf den ersten Blick nicht. Und beim Umziehen zum Sportunterricht war der einzige Trost, dass die anderen auch diese mehr oder weniger stark angegilbten Bollermänner trugen. Gemeinsames Elend schafft Solidarität. Wir nannten die Dinger übrigens auch „Geruchsverstärker". Weil der Schöpfer aber immer für einen gerechten Ausgleich zwischen den Geschlechtern sorgt, trugen Mädchen und Frauen eine Zeitlang diese schrecklichen Pelzmützen. Die denen der

Wachsoldaten vorm Buckingham-Palast nicht unähnlich waren. Und im Gegensatz zur langen Jungs- und Männerunterhose roch man die pelzigen Bienenkörbe auf dem Frauenkopf zwar nicht, dafür waren sie aber selbst im dichtesten Schneegestöber auf drei Kilometer Entfernung zu sehen. Und das Auge leidet bekanntlich mit. Nicht selten rutschten die monströsen Pötte auch noch halb ins Gesicht. Was allerdings dem einen oder anderen Eifelmädchen gar nicht mal unbedingt zum Nachteil gereichte.

Zu den Schischuhen noch mal. Das waren knöchelhohe Schuhe mit zwei Zungen. Eine innen, Eine außen. Und Krampen. Zum Schnüren. Mit braungelb melierten Schnürsenkeln. Sehr reißfest und stabil, die Schnürsenkel. Und sehr lang. Denn ein Schischuh hatte viele Krampen. Außen am Absatz war eine Rille eingefräst. Da kam das hintere, breite Ende der Metallfeder der Skibindung rein. Von einer „Sicherheitsbindung", wo der „Schi" sich beim Stürzen vom Fuß löst, hatten wir schon gehört. Gab's also grundsätzlich schon, das wussten wir. War aber viel zu teuer. Nee, wenn du dich damals mit dieser Federzugbindung böse auf die Schnauze legtest, hattest du zwar das Bein gebrochen, musstest aber anschließend wenigstens nicht noch stundenlang deinen Ski suchen, weil der ja noch am Schuh dran war. Die Federbindung hatte auch den Vorteil: Du hattest mehrere Schier in einem. Je nachdem, in welchem Krampen seitlich am Schi du den Federzug der Bindung einhaktest, hatte der Fuß am Absatz mehr oder weniger Bewegungsspielraum. Du hattest also entweder einen Abfahrts-Schi, einen Slalom-Schi oder auch einen Langlauf-Schi. Drei in einem. Freie Auswahl. Allerdings: Wenn dein multifunktionales Wintersportgerät beim Sturz zerbrach, hattest du urplötzlich von deinen drei Schi gar keinen mehr. So hat alles im Leben eben immer seine verschiedenen Seiten. Wie meine Oma schon immer sagte: Nicht nur der Mensch ist verschieden. Auch das Leben! Und sogar auch der Schi. Das hatte Oma damals allerdings noch nicht „aufm Schirm".

Und warum erzähle ich euch das alles? Richtig, weil ich ja die Eisenplättchen unter den Schischuhen erwähnt hatte. Mit denen man besser über die Eisbahn rutschen konnte. Wenn ihr Näheres über die Eisenplättchen wissen wollt, braucht ihr nur die Geschichte „Einlagen" zu lesen. Da habe ich das alles haarklein auseinanderverkasematuckelt.

Mein ganzer Verzäll über Moon-Boots, Unterhosen, Pelzmützen und Schibindungen hatte mit der Eisbahn übrigens rein gar nix zu tun. Null. Hättet ihr auch überspringen können. Wie ich immer die Landschaftsbeschreibungen im „Karl May" übersprungen habe. Aber jetzt ist es zu spät. Macht aber nix. Der Eifeler erklärt ja gerne schon mal Sachen, die mit dem Thema zwar nix zu tun haben, aber: „Hammer datt och att enns erledischt! Weeßte datt och att weer!" Und Wissen hat noch nie einem geschadet, sagte Oma an dieser Stelle. Und die musste es schließlich ... richtig: wissen.

Noch besser als mit Schischuhen mit Eisenplättchen drunter konnte man übrigens über die Eisbahn rutschen mit Arbeitsschuhen. Bei denen man dicht an dicht Nägel unten drunter gekloppt hatte. Erstens, um die Sohlen zu schonen, zweitens, um den Schuhen mehr „Grip" zu verleihen, wie man heute in der Formel Eins sagen würde. Schuhe mit Nägeln drunter, „jenaahlte Schohn" – sensationelle Geräte! Wehe, du kriegtest damit nen Tritt in den Hintern. Dagegen war selbst der Fußtritt mit einem Schischuh die zarteste Liebkosung seit dem

Sündenfall im Paradies, also seit es feste Schuhe gibt. Du hörtest für einen kurzen Moment die Engel singen. Selbst wenn noch nicht mal der erste Advent war. Und die nächsten vierzehn Tage versuchtest du, in der Schule so viel Mist wie möglich zu machen. Dich nach bestem Wissen und Gewissen danebenzubenehmen. Dann durftest du in der Ecke stehen. War bei weitem nicht so schmerzhaft wie Sitzen.

Inzwischen ist das alles längst Schnee von gestern. Leider! Genaugenommen sogar von vorgestern. Wie sprach schon vor weiland knapp zwölfhundert Jahren Kaiser Lothar I., der 855 in der Abtei zu Prüm verstarb, also mitten in der Eifel: „Tempora mutantur, nos et mutemur in illis" – „Die Zeiten ändern sich, und wir ändern uns in ihnen". Oder wie meine Oma etwas später sagte: „Die Zeiten sind verschieden. Und die Menschen auch".

Heute wird zwar noch alles Mögliche geschlagen – Kinder, Frauen, Purzelbäume, Sahne, aber eben keine Eisbahnen mehr. Das genau meinte Oma in ihrer weisen Voraussicht. Bei Lothar I. bin ich mir da nicht so sicher.

Wir hatten ja nix

Unser Leben in der Eifel war immer schon karg und ärmlich. Auch materiell. Und ganz besonders „in der schlechten Zeit". Also in den ersten Jahren nach dem Krieg. Einzelne Eifeler sollen übrigens heute noch durchs tiefe Dunkel der Wälder irren. Und auf die Botschaft warten, dass der Krieg vorbei ist. Die einzige Hoffung für solche Irrläufer ist ein rapide fortschreitendes Waldsterben – nach dem berühmten Greenpeace-Motto „Erst wenn alle Bäume weggestorben sind, erkennt auch der letzte Eifeler, dass das ferne Dröhnen nicht von Ami-Panzern stammt, sondern von Rasenmähern."

Aber zurück zum kargen Leben. Man hatte nichts, wusste sich aber zu helfen. Im Sommer kletterte ich schon als Sechsjähriger mindestens einmal täglich in einen hohen Buchenbaum. Der stand direkt bei uns vorm Haus. Buchenbäume gab es damals noch in rauen Mengen. Und von da oben aus konnte ich bei klarem Wetter über vier, fünf Dörfer hinweggucken. Und wenn ich Glück hatte, sah ich den Hahn von Onkel Max in Steckenborn auf dem Misthaufen stehen. Gestochen scharf. Das war für uns damals Fern-Sehen. Und bei Ostwind konnte ich ihn sogar auch noch hören. Ich hatte als Kind so gute Ohren, meine Mutter sagte immer: „Dä Jong hörrt dä Hahn övver all die Kilometer. Sujahr, wenn dä jahr nett kriejnt!" Wahnsinns-Ohren! „Datt sennt Uehre!" hätte mein Vetter Hermann an der Stelle gesagt. Der war ungefähr fünfzehn Jahre älter als ich. Und einer der ersten, der schon in jungen Jahren den Weg raus aus der Eifel fand. Hermann machte nämlich eine Ausbildung bei Bayer Leverkusen. Und jedesmal, wenn er mal wieder in sein Heimatdorf zurückkehrte, besuchte er unseren

Vater. Die beiden verband eine gemeinsame Leidenschaft. Das Fotografieren. Und hier insbesondere das Festhalten der Natur auf Dias. Was zu meinem großen Leidwesen unweigerlich in zahlreiche Diaabende mündete. Und in Leverkusen hatte Hermann die Möglichkeit, seine Diafilme im Werk selbst, an der Quelle sozusagen, eigenhändig zu entwickeln. Bei jedem Besuch präsentierte er seine Entwicklungsarbeit mit stolz geschwellter Brust. Und jedesmal mit dem nämlichen Kommentar: „Datt sennt Färve, Onkel Karl!" („Das sind Farben, Onkel Karl!") Was diesem Vetter immerhin den Spitznamen „De Färve" eintrug. Allerdings nur bei meinem Bruder und mir. Noch heute ist es auf Familienfesten so: Wer von uns beiden Vetter Hermann als erster erspäht, raunt dem anderen zu: „Kick, de Färve sennt och doh!"

Wie gesagt, Ohren hatte ich wirklich phantastische („Datt sennt Uehre, Onkel Karl!"). Aber sonst hatten wir Kinder doch damals nicht viel. Praktisch nichts. Wollt ich nur noch mal erwähnt haben.

Im Sommer spielten wir zwar Reitturnier auf der Hühnerwiese. Aber was war unser Oxer? Richtig, der Sägebock! Den Hochweitsprung bauten wir aus der Schubkarre. Quer. Dahinter wurde der Leiterwagen postiert. Quer. Im Stechen dann längs. Und der Wassergraben war das Wäschebüttchen. Randvoll mit Wasser. Das einzige, was wir im Überfluss hatten – Wasser. Kam ja reichlich aus der Leitung. Was wir dagegen nicht mal ansatzweise hatten bei unserem Reitturnier, war ein Pferd. Das hatte aber zumindest den Vorteil, dass wir mit den Hinterhufen keine Fehler produzieren konnten. Weil wir Hinterhufe selbstverständlich auch, richtig, nicht hatten. Wir hatten ja nix.

An heißen Sommertagen schliefen wir schon mal draußen im Zelt. Unser Zelt war genaugenommen eine alte Ami-Militärdecke. Konnte auch von den Tommys sein. Also den Engländern. Zwischen Amis und Tommys unterschieden wir Kinder nicht großartig. Die Decken waren jedenfalls irgendwann in unserem Haushalt gelandet. Ich möchte gar nicht wissen, welche Gegenleistung wer dafür geliefert hatte. Geht mich ja auch nichts an. Und dann bauten wir ein Zeltgestänge aus Bohnenstangen. Militärdecke drüber, seitlich auf dem Boden mit Steinen befestigt, fertig. Den muffigen Geruch im Inneren des Zeltes, vor allem wenn es geregnet und anschließend die Sonne fünf Stunden auf die Luxusherberge geknallt hatte, habe ich heute noch in der Nase. Datt worre Jerüche, Onkel Karl! Eine herrliche Zeit!

Und wenn wir mal ganz was Verbotenes erleben wollten, rauchten wir in der Martinspfeife, also in diesem weißen Ton-Pfeifchen vom „Weggemann", da drin rauchten wir „Maiblätter". So nannten wir das bräunliche Herbstlaub, das ab September tonnenweise von den Buchenbäumen flatterte. Deshalb gab es damals auch keine Laubsauger. Waren ja nicht nötig. Weil wir das ganze Zeug schon über die Martinspfeife entsorgt hatten.

Auch eine nie versiegende Quelle der Freude: Die Uhu-Tube. Die hatte seinerzeit zum Verschließen noch so ein kleines Metallschräubchen. Mit nem Ring oben dran. Wie später einer der Teletubbies einen hatte. Der rote. Po – so hieß der, glaub ich. So ein Uhu-Ringverschluss sah zwar um einiges stilvoller aus als diese hässlichen schwarzen Plastik-Kappen heute, verschlossen die Tube aber nie so ganz. So dass immer mal wieder Uhu rausquoll. Und rund um die Tubenöffnung geschwulstartig vertrocknete. Oft waren die Tuben auch am unteren Ende noch undicht. Dort entwickelte sich dann ebenfalls eine üppige Uhu-Trockengeschwulst. Und jetzt kommt's: Wenn man da ein Streichholz dranhielt, das gab ein richtig schönes, kleines Feuerwerk. Spritzte, zischte, funkelte. Nach allen Regeln der Kunst. Manchmal explodierte es sogar ein bisschen. Im Dunkeln abgebrannt, am besten im Ami-Decken-Zelt – ein einmaliges Erlebnis! Von den betörenden Giftdämpfen mal ganz abgesehen.

Und wenn man es geschickt anstellte, konnte man auf diese Weise sogar an ordentlich Asche kommen. Wenn nämlich die Decke Feuer fing. Das funktionierte aber leider immer nur ein einziges Mal. Wie der Begriff schon sagt: Ein „einmaliges" Vergnügen! Wir hatten nämlich nur drei Ami-Decken. Und die beiden anderen wurden uns nach dem Feuerwerksabend nicht mehr zum Zeltbau zur Verfügung gestellt. Warum, weiß ich bis heute nicht.

Oder nehmen wir einen Luftballon. Heute ein Massenartikel. Damals aber außerordentlich selten. Eine Kostbarkeit von unschätzbarem Wert! Welch überirdische Freude, wenn einem trotzdem das Glück widerfahren war, einen sein eigen nennen zu dürfen. Am Geburtstag kam das schon mal vor. Oder an Kirmes. Wenn der große Bruder einen geschossen hatte. Nicht zer-schossen. Ge-schossen. An der Schießbude. Und er anschließend zu besoffen war, seine Freundin zu suchen. Die ihm gerade weggelaufen war. Weil er so besoffen war. Du hieltst auf einmal einen Luftballon in deinen Händen. Damit warst du der absolute King. Und was man damit alles anstellen konnte! Zum Beispiel bei voll aufgeblasenem Ballon oben diesen Einpuste-Zutzel mit beiden Händen je zwischen Daumen und

Zeigefinger packen und in die Breite ziehen. Das Ergebnis war ein markerschütterndes Fiepsen. Durch geschicktes, abwechselndes In-die-Breite-Ziehen und Wieder-Nachgeben konntest du sogar unterschiedliche Töne erzeugen. Ich habe es mal geschafft, eine ganze Strophe von „Alle Jahre wieder" auf einem Luftballon zu fiepsen.

Leider hatte ich das bei uns in der Küche gemacht. Und nicht bedacht, dass Papa gerade Mittagsschlaf machte. Was zur Folge hatte, dass ich das mir nachgesagte absolute Gehör im wahrsten Sinne des Wortes schlagartig verlor. Stattdessen hatte ich im linken Ohr mindestens zwei Wochen lang ein elendigliches Fiepsen. Auch ohne Luftballon. Einen Zwei-Wochen-Tinnitus sozusagen. Aber grundsätzlich hattest du schon eine Menge Spaß mit so einem Luftballon. Freude pur. Um so größer das Entsetzen, wenn du das Wunder-Gerät im Überschwang der kindlichen Begeisterung zu stark aufpustetest. Und das Ding unmittelbar vor deinen eigenen Augen explodierte. „Nee, watt enn Trafick!" hätte meine Mutter gesagt. Wenn sie dabei gewesen wäre. Und die Hände vorm Gesicht zusammengeschlagen. Sie war aber nie dabei.

So unfassbar der Schrecken auch im ersten Moment war, machte er doch schon bald neuem Plaisier Platz. Die schier endlose Phantasie des Eifeler Kindes gebar noch in der Sekunde des Platzens eine neue Vergnügungs-Strategie. Du nahmst einen kleinen Fetzen des zerplatzten Luftballons. Den spanntest du zwischen Daumen und Zeigefinger mit beiden Händen. Wie du das vom Einpuste-Zutzel-Spannen zum Zwecke des Fiepsens ja schon kanntest. Zogst das Stückchen schön stramm. Und saugtest sodann mit den Lippen eine Blase ins Innere der Mundhöhle. Die Kunst bestand nun darin, die aus

dem Munde wabbelnden Enden des Gummifetzens so schnell und geschickt mit einer Hand zu verzwirbeln, dass die Kugel, die du währenddessen natürlich im Munde bei dauerhaft voller Saugkraft erhalten musstest, dass die am vorderen Zwirbelende verschlossen wurde. Mit Luft drin. Und schon hattest du einen neuen, wenn auch Mini-Luftballon. Und einen Geschmack im Mund, als hättest du eine Nacht lang mit einer Beate-Uhse-Puppe geknutscht. Aber die gab es damals auch noch nicht. Wir hatten ja nix.

Und nun konntest du den Zwirbelverschluss an dem Mini-Luft-Ballönchen mit einer Hand immer strammer drehen. Während du das Bällchen mit Daumen und zwei Fingern der anderen Hand festhieltst. Das gab bei jeder Drehung ein göttlich nervtötendes Knirschen und Quietschen. Von Drehung zu Drehung mit zunehmender Intensität. Und jedesmal wartete man gespannt auf den Knall. Denn man drehte dem armen Ballönchen ja sozusagen die Luft weg. Und irgendwann war dann der Innendruck tatsächlich so gewaltig, dass das Ding platzte. Nicht sehr laut. Eher mit einem leisen, hellen, fast schon spitzen Knall. Machte einen Heidenspaß. Aber wann würde das Ding explodieren? Nach welcher Drehung genau? Das war die spannende Frage. Russisch Roulette mit den Mitteln des Eifeler Nachkriegskindes. Datt worr e Verjnüjen, Onkel Karl!

Auch eine heiß geliebte Freizeitbeschäftigung war „Maikäfer im Glas". Klingt wie eine Delikatesse der „nouvelle cuisine", war aber so gar nicht gemeint. Ein Maikäfer wurde in ein Glas gepackt, paar grüne Maiblätter rein, als Nahrung, das gefangene Tier sollte es ja gut haben, mit Nagel und Hammer ein Dutzend Luftlöcher in den Deckel gekloppt, und dann

beobachtete man über die nächsten Wochen gespannt, wie der „Maikäfer im Glas" sich wohl entwickeln würde. „Jugend forscht" – eine der zahlreichen Ideen, die irgendwann einmal in der Eifel ihren Ursprung hatten. Und so nach circa drei Wochen öffnete man das Glas, sang dabei das Lied „Maikäfer flieg, Vater ist im Krieg, Mutter ist in Pommerland, Pommerland ist abgebrannt, Maikäfer flieg!" – und wunderte sich jedesmal von Neuem, warum der Maikäfer ums Verrecken nicht fliegen wollte. Nebenbei: Wo genau Pommerland lag, und vor allem, warum das abgebrannt war, konnte mir nie jemand so richtig erklären. Oder wollte nicht. Wie kann denn wohl ein ganzes Land abbrennen? Womöglich hatten die da zuviele Ami-Decken gehabt. Oder zu viele Uhu-Tuben. Vermutlich beides zusammen.

So oder so, der Maikäfer war auf jeden Fall hin. Ich spürte wohl, dass ich nicht ganz unschuldig war am tragischen Schicksal des armen Wesens. Aber ich konnte das Rad der Geschichte ja auch nicht mehr zurückdrehen. Den Deckel des Glases schon. Aber jetzt hätte es ja nichts mehr genützt. Ett öss, wie ett öss!

In solchen Momenten unendlich tiefschürfender Trauer griff ich sehr gern zu meinem Tütchen Brausepulver. Von „Ahoi". Gab es damals für fünf Pfennige im Konsum. Und wenn du sehr sorgfältig und sparsam damit umgingst, konntest du mit einem Tütchen durchaus über eine ganze Woche kommen. Vorsichtig aufreißen und mit der Zungenspitze rein ins pure Vergnügen. Das Brausepulver mit nicht allzu viel Speichel im Mundinneren zum Prickeln, Zischen und Brodeln bringen. Ein orales Erlebnis der Extraklasse! Göttlich! Den Begriff „Orgasmus" möchte ich hier nicht in den Mund nehmen. Obwohl er die Sache eigentlich haargenau trifft. Ich mochte es am liebsten mit Zitronen-Geschmack. Das zischte bei mir am besten.

Wenn ich ganz ehrlich bin: Irgendwie war es doch gar keine so üble Zeit damals. Manchmal war sie sogar richtig prickelnd! „Datt worr e Prickeln, Onkel Karl!"

Obwohl: Wir hatten ja nix.

Die Tchibo-Schmuck-Geschenkdose

Wenn du früher im Sommer durch die Eifel fuhrst und den Blick links und rechts über die Wiesen schweifen ließt, sahst du vor allem eins: Heuböcke! Heuböcke, so weit das Auge reichte.

Wo sind die Heuböcke geblieben? Sie sind weg. Es gibt keine mehr. Ich habe selber gar nicht mitgekriegt, wann und wie sie verschwunden sind. Eines Tages waren sie einfach nicht mehr da. Und ich finde: Die Heuböcke gehören in die Eifel wie die Pyramiden nach Ägypten. Da gibt es übrigens noch mehr Gemeinsamkeiten. Der berühmte Tutanchamun beispielsweise war der Sohn Echnatons und dessen Schwester. Das lässt ahnen, warum das alte Ägypten „die Eifel Afrikas" genannt wurde.

Ich finde jedenfalls: Die Heuböcke müssen wieder zurück in die Eifel. Und zwar, wie sagt man heute: Möglichst zeitnah! (Früher sagte man: Unn kuck, datt datt schnell jeht!). Notfalls wäre ich durchaus auch für eine staatliche Heubockprämie. Im Gegensatz zu manch anderer Prämie für allen möglichen Schrott wäre das mal eine sinnvolle Investition.

Viele jüngere Eifeler wissen doch heute schon gar nicht mehr, was überhaupt ein Heubock ist. Beziehungsweise: War. Deshalb noch mal zur Erklärung: Ein Heubock bestand aus drei Holzstangen, etwa drei Meter lang, die nach Art eines Indianerzeltes zusammengestellt wurden. Darauf wurde dann das gemähte Gras gepackt. Innen blieb das Kunstwerk hohl, damit das Gras besser trocknen und sich so in Heu verwandeln konnte. Hatte aber auch sonstige Vorteile. Im Leben eines Eifeler Heranwachsenden war der Heubock von zentraler Bedeutung

– sobald die Triebe zu keimen begannen. Altes Eifeler Sprichwort: „Auf dem Heubock trocknet still das frisch gemähte Gras, drunter brodelt's in den Feuchtgebieten, und es gibt ne Menge Spaß!" Ob der Begriff „Bock" damit in Zusammenhang zu bringen ist, weiß ich nicht, liegt aber nahe.

Auf den Wiesen in der Eifel ging es ja im Sommer überhaupt schwer zur Sache. Nicht nur unterm Heubock. Davon zeugt das traditionelle Lied über die Kuh- und Ziegen-Hirten, das den Beginn der Weidezeit so euphorisch besang: „Oh du fröhliche, oh du selige, lustvoll jauchzende Weidezeit. Hirten sich erleichtern, später gehn sie beichten, welche Wonne, Tier und Mensch im Glück vereint."

Der Eifeler wusste eben sein Leben immer schon kreativ zu gestalten. Der Kalterherberger galt dabei als besonders einfallsreich. Worauf wir Höfener, das muss ich zugeben, ziemlich neidisch waren. Zum Beispiel, als es eines Tages hieß: „Was macht der Kalterherberger, wenn ihm im Winter in seiner Wohnung zu kalt wird? – Er stellt sich in die Ecke, da sind immer 90 Grad." Da wären wir Höfener doch von alleine niemals drauf gekommen.

Im Zuge der Globalisierung haben sich allerdings inzwischen selbst Kalterherberger und Höfener stark angenähert. Beiden gemeinsam ist zumindest die tiefe Sehnsucht nach dem Heubock. Ich ertappe mich manchmal dabei, dass ich in der Abenddämmerung still auf der Gartenbank sitze – und nach der klassischen Mozart-Melodie von „Komm, lieber Mai, und mache die Bäume wieder grün" tieftraurig und erinnerungstrunken zugleich vor mich hin schluchze: „Komm, lieber Gott, und lasse den Heubock wieder erstehn. Den Duft von trocknem Gras um die Nasen uns wieder wehn. Wie möchten wir

im Heustall bei zärtlichem Gestöhn wohl in den nackten Hintern die Halme pieksen fühln."

Starke Empfindungen, die leider der Vergangenheit angehören. Genauso wie die Lust des Eifelers, bedächtig, genüsslich und vor allem schweigend durch den Wald zu flanieren. Man gab sich ganz der heiligen Atmosphäre im Natur-Dom hin. Nicht nur die Stille erinnerte mich an eine leere Kirche. Auch die angenehme Kühle, die majestätische Höhe und die Sonnenstrahlen, die hin und wieder gebündelt wie von einem Kirchenfenster durch die majestätischen Baumkronen drangen und Teile des Farnteppichs für kurze Momente in ein heiteres, weil helleres Grün tauchten. Sämtliche Sinne waren weit geöffnet – frei nach dem flapsigen Motto jener Tage: Was blüht denn da? Was fliegt denn da? Was juckt denn da? Kannst du heute komplett vergessen. Vom Wald hat inzwischen eine ganz eigenartige Spezies Besitz ergriffen. Lass es mich mal so ausdrücken:

Bedrohlich trommelt's auf den Boden,
in Hosen pendeln taktbeschwingte Hoden,
im mehr als fest geschnürten Mieder
hüpft Gequetschtes auf und nieder.
Alles wirkt enorm elastisch,
und nebenbei ein bisschen spastisch.
Dann dürfte die Beschreibung passen:
Man hat die Nordic Walker losgelassen.

Aber wie sagt der Gesundheitsexperte: Hauptsache, die Menschen bewegen sich überhaupt. Und da hat er zweifellos recht. Zu wenig Bewegung bei gleichzeitig zu viel Essen kann das Leben schon sehr beeinträchtigen. Als beispielsweise die Eifeler Kaffeeschmuggler Ende der fünfziger Jahre infolge des

Wirtschaftswunders, angeleiert vom dicken Ludwig Erhard mit der fast ebenso dicken Zigarre, so fett geworden waren, dass sie immer öfter auf der Flucht vor den Zöllnern im Wald hilflos zwischen zwei Bäumen eingeklemmt stecken blieben, da musste man sich was anderes überlegen, wie man billig an Kaffee kommen konnte. Und es war ja nicht nur das. Der geschmuggelte Kaffee wurde schließlich auch weiterverkauft. Viele lebten davon. Der Kaffeeschmuggel war, zumindest an der belgischen Grenze, seinerzeit von existentieller Bedeutung. In Kalterherberg, Mützenich, Konzen – und wie die Schmugglerhochburgen alle hießen. In Schmidt hatte man ja sogar den Wiederaufbau der Kirche komplett mit den Erlösen aus der Schmuggelei finanziert – das berühmte Gotteshaus „Sankt Mokka".

Und als dann Schluss war mit der Schmuggelei, war guter Rat mindestens ebenso teuer wie der Kaffee auf der deutschen Seite. Aber die Götter der gerösteten Bohne hatten ein Einsehen und schickten den Eifelern eine Lösung, die ihnen zumindest den Genuss einigermaßen billigen Kaffees weiterhin möglich machte: Bestellen bei Tchibo! Dieser Tipp ging plötzlich wie ein Lauffeuer durch die Dörfer.

Einer in der Großfamilie übernahm die Sammelbestellung. Dafür kam natürlich nur eine Frau in Frage. Kaffee fiel eindeutig in den Kompetenzbereich der sogenannten besseren Hälfte. Die berühmten „vier K" der Eifeler Hausfrau: Kinder, Küche, Kirche, Kaffee. Für unsere riesige Verwandtschaft hatte unsere Mutter die Organisation übernommen. Hieß im Klartext: Wir Kinder zogen los, um bei jeder Tante die Monatsbestellung aufzunehmen. Und hinterher war es auch an uns, den Kaffee auszuliefern. Ein durchaus einträglicher Job. Bis zu

fünfzig Pfennige Trinkgeld gab es pro Tante. Schöne Zeit war das. Denke ich gern dran zurück.

Für die Erwachsenen, das stellte sich schon bald heraus, war es gar nicht mal der Kaffee selbst, der die Sache so lukrativ und begehrenswert machte. Nein, die Verpackung war es. Bei der Bestellung konntest du ankreuzen, wie du den Kaffee verpackt haben wolltest. Die Bohnen waren zum Beispiel eingenäht in Geschirrtücher. Oder in Taschentücher. Für besonders große Familien auch in Betttücher. Aber die absolute Krönung war in der Vorweihnachtszeit die Tchibo-Schmuck-Geschenkdose. Das war so eine bauchig geschwungene Blechdose in Azurblau mit goldenen Verzierungen drauf. Sterne, Posaunenengelchen, Rentiere mit Schlitten, alles, wovon man in der Vorweihnachtszeit träumt. Da konnte einem schon das Herz aufgehn. Auf mich wirkte die Tchibo-Schmuck-Geschenkdose fast so edel wie das wattierte Deckblatt in einer Trumpf-Pralinenschachtel. Da waren ja auch so herrliche goldene Verzierungen drauf. Ist, glaube ich, auch heute noch so. So ein wattiertes Deckblatt war übrigens der erste Preis beim Reitturnier im Sommer bei uns hinterm Haus. Ein Event der absoluten Extraklasse. Stellte enorm hohe Anforderungen an den Teilnehmer, denn jeder war sein eigener Reiter und sein eigenes Pferd in einer Person. Hört sich simpler an, als es war. Setz dich mal auf dich selber drauf und reite dann los.

Ich habe heute noch so ein wattiertes Deckblatt im Nachttischschublädchen liegen. Bin ich sehr stolz drauf. Das habe ich gewonnen, lass mich nicht lügen, 1958 beim CHIO in Höfen bei uns auf der Hühnerwiese im Stechen gegen Klüttepittere Karli. Der Blödmann war in der dreifachen Kombination mit dem linken Hinterhuf im Sägebock hängengeblieben. Und dann auch noch volle Möhre in den Wassergraben geplumpst. Also ins randvoll gefüllte Wäschebüttchen. Selber schuld.

So ein wattiertes Deckblatt ist für mich heute noch ein fast schon überirdisches Wunderding. Wenn du dir das ans Ohr hältst und es leicht zwischen zwei Fingern reibst, entsteht ein derartig faszinierendes, geheimnisvolles Knistern – da ist mir schon als kleiner Junge jedes Mal einer abge ... okay, das gehört jetzt vielleicht nicht hierher, sehe ich ein. Jedenfalls faszinierte mich die Tchibo-Schmuck-Geschenkdose ähnlich wie das wattierte Deckblatt. Das war es, was ich sagen wollte. Nur, dass die Dose eben nicht so geheimnisvoll knisterte. Dafür hatte sie aber einen Deckel. Und oben drauf auch noch einen Goldknauf. Eifelherz, was willst du mehr?!

In die Tchibo-Schmuck-Geschenkdose kam ja zu Weihnachten das Spritzgebäck. Das hat mich geprägt fürs Leben. Wirklich wahr. Ich esse schon seit Jahren keine Weihnachtsplätzchen mehr – einfach, weil die heute nicht mehr nach Kaffee schmecken. Da kann ich nix mit anfangen. Weihnachtsplätzchen müssen für mich vor allem eins: Stark nach Kaffee schmecken! Kommt alles von der Tchibo-Schmuck-Geschenkdose.

Ja – das waren noch Zeiten damals, als man die Kaffeebohnen noch in Geschirrtücher einnähte. Damals war ja auch ein Buch grundsätzlich noch aus Papier. Okay, gibt es auch heute noch. Aber der Trend geht eindeutig in Richtung „E-Book", das man sich aus dem Internet „downloaded". Mein Vater hätte früher gesagt: „Du kannst einen hinter die Löffel haben, da hast du Download!" Und dann folgte nach kurzer Pause unweigerlich der ebenso entschiedene wie sinnträchtige Anhang: „Drr janzen Daach!" Und zur gefälligen Abrundung fügte er abschließend noch hinzu: „Du Dämel!" Also zum Genießen noch mal in der kompletten sprachlichen Wucht: „Du kannst einen hinter die Löffel haben, da hast du Download! Drr janzen Daach! Du Dämel!" Und damit war das Thema „Download" dann auch vom Tisch. Wäre es gewesen. Wenn es „Download" damals schon gegeben hätte. Okay – „Download" gab es genaugenommen schon – zum Beispiel, wenn das Heu vom Heuwagen abgeladen wurde. In den Heustall. Nannte man aber nicht „Download", sondern „Heu aavladde". Gefällt mir persönlich auch besser als „Download".

„E-Books" lassen sich inzwischen auf allen möglichen „Datenträgern" konsumieren. In Japan, hab ich gehört, sitzen die Menschen morgens zu Tausenden mit verpennten Augen in der U-Bahn und schmökern in ihrem Handy-Roman. Ich meine, ich hätte letzte Woche im Bus nach Simmerath auch so einen gesehen.

Papier spielt einfach grundsätzlich eine immer geringere Rolle. Ich sehe den Tag kommen, da wischt man sich mim Handy den Hintern ab.

Inzwischen ist übrigens die Angebotspalette bei Tchibo viel größer als damals, aber ich weiß nicht so recht, ob ich das wirklich gut finden soll. Ich hab mir da kürzlich so eine atmungsaktive Unterhose gekauft. Und zu Hause habe ich dann alle Nähte fein säuberlich mit dem Nagelscherchen aufgetrennt. Wie wir das früher beim Tchibo-Kaffee-Geschirrtuch ja auch gemacht haben. Aber ob Sie's glauben oder nicht: Keine einzige Kaffeebohne in der Unterhose.

Kirmes

Kirmes in der Eifel. Damit verbinde ich die schönsten Erinnerungen an meine Kindheit und Jugend. Mit dem „Kirmesflam" fing es ja schon an. Okay, Kuchen kommt auch heute an Kirmes auf den Tisch. Ein Reisfladen. Ein Käsekuchen vielleicht. Ein paar Obst-Fläden noch. Fertig. Oder sagen wir: Was man heute so „Fladen" nennt. So ein Ding kannst du locker auf einer Hand aus der Küche zum Wohnzimmertisch tragen. Damals hatte nicht nur die Kirmes eine ganz andere Dimension. Auch der Fladen. So ein Kirmesflam hatte einen Durchmesser von mindestens einem Meter zwanzig. Mama hatte wochenlang Reis, Rhabarber, Äpfel und Pflaumen gekocht. Auch getrocknete Pflaumen zu einem Mus verarbeitet. Das mochte ich am liebsten. Hinterher auf dem Fladen. Mit Riemchen. Sensationell lecker! Das ganze gekochte Zeug kam dann in verschiedene Eimer. Insgesamt so an die zehn Stück. Schätze ich mal. Die mein Bruder und ich mit dem Leiterwagen zum Bäcker fuhren. Zu „Kirchpitte". Das war die Bäckerfamilie. Schon seit Generationen. Immerhin gut zwei Kilometer entfernt. An der Triftstraße. Und der buk dann daraus zahlreiche „Fläm". Also Fläden. Mit und ohne Riemchen. Eine Spezialität war der „Appelzohschlach". Apfelzuschlag. Der hatte über dem Belag aus Apfelstückchen, es durfte kein Apfel-Mus sein, das war ganz wichtig, nein, Apfelstückchen und Rosinen – und da war eine Teig-Decke drübergeschlagen. Deshalb Apfelzuschlag. Und auf die Teigdecke wurde kurz vor Beendigung des Backprozesses Zuckerwasser gepinselt. Das dann karamellisierte. Man könnte auch sagen, es verbrannte. Nicht ganz. Aber fast. Und verlieh dem „Appelzohschlach" diese appetitliche dunkelbraune

Färbung. Ließ einem schon beim bloßen Anschauen das Wasser im Munde zusammenlaufen. In unserem Fall kamen sicher gut zwanzig Fläden zusammen. Die waren aber auch nötig bei siebzehn Kindern. Plus zwei Eltern. Mehr konnten wir uns damals nicht leisten. Und dann erschien ja immer auch noch jede Menge Verwandtschaft, dazu Nachbarn, die Kinder brachten Freunde mit, Bekannte kamen womöglich auch noch, manche sogar aus der Fremde, also aus dem Nachbardorf. Und die Kirmes zog sich schließlich über drei Tage hin. Das läpperte sich. Mama hatte zu Hause natürlich noch fünf Cremekuchen gebacken. Heute sagt man „Buttercremetorten". Das waren derartige Kalorienbomben, davon konnte selbst Tant Luissje höchstens sechs Stück hintereinander essen. Ich hab mal drei geschafft. Der Cremekuchen war aber auch sowas von lecker. Vor allem die Kaffeebohnen aus Schokolade oben auf der Buttercreme. Aber ich muss zu meiner Schande gestehen: Länger als zehn Minuten habe ich das edle Gebäck nie in mir behalten. Und es kam dummerweise nicht mal am eigentlich dafür vorgesehenen Körperende raus. Sechs „Rodongkuchen" für die Kinder natürlich auch noch. Musste sein. Drei mit weißem, drei mit dunklem Zuckerguss.

An Kirmes-Samstag holten mein Bruder und ich die fertigen „Fläm" beim Bäcker ab. Wieder mit dem Leiterwagen. In zwei Säulen aufeinandergestapelt. Und die wurden dann bei uns zu Hause in der Waschküche auf dem Boden verteilt. Da, wo wir sonst die Bohnen fürs Einkochen „kibbelten". Oder samstags die Schuhe putzten. Keine Bange, kam Zeitungspapier drunter. Unter die Fläm. Von wegen der Hygiene.

Aber das war ja nur ein winziges Mosaiksteinchen des Mammut-Kirmes-Events. Der Schulhof war für die drei Festtage der Kirmesplatz. Selbstverständlich war schulfrei. Schießbude, Pferdchenkarussell für die Kleinen, Kettenkarussell für die Größeren. Alles da. Der Megaspaß beim Kettenkarussellfahren war, sich durch Schaukelbewegungen in der Luft gegenseitig anzunähern. Bis man den Sitz des anderen greifen konnte. Und dann jagte man den Rest der Fahrt als Zweisitzer durch die Luft. Hatte man als Junge ein Mädchen erwischt, sprengte das Vergnügen fast die Hose. Am liebsten so um neun Uhr abends, die Dämmerung hatte schon eingesetzt, aus den Karussell-Lautsprechern schmachteten Rex Gildo und Gitte „Gehn sie aus im Stadtpark, die Laternen ..." Menschenskind, da wärst du im Rausch der Sinne fast an der eigenen Glückseligkeit ertrunken. Und das hoch oben in schwindelnder Höhe. Nach der Landung passierte es deshalb auch nicht selten, dass man total gefühlstrunken über den Platz torkelte. Und überhaupt nicht mehr wusste, auf welchen Planeten man eigentlich seinen Fuß gesetzt hatte. Kann aber auch am vorherigen Bierkonsum gelegen haben. Ich kam mir jedenfalls vor wie Neil Armstrong persönlich. Sie wissen schon: Ein kleiner Schritt für einen Menschen ... Mit der winzigen Einschränkung, dass es noch ein Jahrzehnt dauern sollte bis zu Armstrongs Mondlandung. Und ein weiteres Jahrzehnt, bis man auch in der Eifel davon erfuhr.

Die Schießbude war DIE Gelegenheit, seine Männlichkeit unter Beweis zu stellen. Da konnte der jugendliche Liebhaber schwer Eindruck schinden bei der Dame seines Herzens. Oder wie man in der Eifel sagte: Bei dem Mädchen, zu dem er „freien" ging. Ich habe den Ausdruck nie so ganz verstanden. Das Freien war ja die Vorstufe zum Heiraten. Also zum endgültigen, dazu noch amtlich besiegelten Verzicht auf Freiheit.

Von wegen „freien"! Das soll einer verstehen. Aber egal. Manche Jungmänner haben an der Schießbude in einer Mischung aus heißer Liebe, unbefriedigtem Paarungsbedürfnis und hochprozentiger Alkoholisierung ein kleines Vermögen verballert. Bis sie der Dame ihres Herzens endlich den anvisierten rosa Teddybär mit dem grünen Jägerhütchen an den aus dem Kirmeskleid quellenden Busen drücken konnten. Wie man an so einem Tonröhrchen überhaupt vorbeischießen konnte, ist mir bis heute noch schleierhaft. Man musste ja schon einen guten Schritt zurücktreten, um das Röhrchen nicht mit dem Lauf des Gewehrs zu berühren. Ich bin sicher, die Schießbudenbetreiber hatten die Flinten manipuliert. Oder doch zumindest die Kugeln präpariert. Vermutlich war jede zweite aus Styropor. Wenn es das damals schon gab.

Die Schiffschaukel – ein weiterer Hochkaräter unter den Kirmes-Angeboten. Auch eher was für den männlichen Kirmes-Besucher. Der konnte an diesem Gerät Mut und körperliche Fitness zugleich unter Beweis stellen. Beides von herausragender Wichtigkeit im Balz-Verhalten. Leicht abzulesen am Kreischpegel der anwesenden Jung-Dämlichkeit. Wer ein richtiger Mann zumindest sein wollte, machte an der Schiffschaukel den Überschlag. Natürlich allein. Ohne Dame im Boot. Ist ja klar. Man brachte das Gerät dermaßen ins Schwingen, dass dem Schiffchen aus Gründen der Physik irgendwann nichts anderes übrigblieb, als den Überschlag oben um die Achse zu vollziehen. Sah wahnsinnig spektakulär aus. Selbst, wenn der schiffschaukelnde Superheld, wenn das Gerät unten wieder ankam, tatsächlich noch drin war in der Gondel. Soll auch vorgekommen sein, dass man den Überschläger anschließend in einem nicht allzu weit entfernten Baum wiedergefunden hat.

Das betraf aber eher die Amateure. Die absoluten Cracks beherrschten, wenn alles zusammenpasste, den vierfachen Überschlag. Mit Rückenwind sogar den fünffachen. Sensationell! Ein Bild für die Götter! Dagegen wirkt selbst Batman wie ein plumper Anfänger. Und solche Heroen der Lüfte durften sich der entsetzt-entzückten Lustschreie der ledigen Damen gewiss sein. Und mancher von denen schossen sogar die Tränen in die Augen. Und wer weiß, was sonst noch alles feucht wurde.

Die Kinder hatten auf der Kirmes selbstverständlich auch ihr Vergnügen. Wundertüten waren extrem beliebt. Kosteten zehn Pfennige das Stück. War meistens völlig unbrauchbarer Tinneff drin. Man könnte auch sagen: Müll. Die Vorstellung, es könnte mal DAS Riesending drin sein, reizte einen immer wieder. War aber so wahrscheinlich wie ein Wunder in Lourdes. Deshalb wohl auch der Name: Wunder-Tüten. Die Chance auf den Supergewinn war ebenso winzig wie der Bus nach Lourdes voll. Der Glaube versetzt eben nicht nur Berge. Er verletzt auch den Verstand. Dieser Mechanismus ist es ja auch, der den Lottospieler antreibt. Oder auf der Kirmes den Loskäufer. Lose, fünf Stück zwanzig Pfennige. Im Glücksfall gewann man einen Knackfrosch aus Blech. Witzigerweise in Form einer Ente. Ein wahrer Segen für den Rest der Familie. Für mich als kleinen Jungen war das Allergrößte ein „Nuja-Block“. So nannten wir die Dinger. Dass das eigentlich „Nougat-Block" hieß und heißt, wussten wir nicht. Hätte den Genuss aber auch nicht erhöht. War eh schon am Maximum. Es gab kleine und große „Nuja-Blöcke“. In Folie. Silbern, grün oder sogar rot. Schon die Drachenform des Nujablocks faszinierte mich. Ich meine hier den geometrischen Drachen. Nicht das Tier. Bis zum heutigen Tag

muss ich jedesmal überlegen: Ist der Drache das Tier? Und der Drachen die geometrische Form – und das Gerät, das man im Herbst steigen lässt? Oder umgekehrt? Und was ist eine unerträgliche Ehefrau? Die ihren Mann von morgens bis abends drangsaliert? Ein Drache? Oder ein Drachen? Ich sage an der Stelle meistens: „Sone richtige Xanthippe!" Dann bist du aus dem Schneider. Obwohl man bei diesem Begriff wiederum Gefahr läuft, an einen der leider keinesfalls vom Aussterben bedrohten Besserwessis zu geraten. Der einem dann stundenlange, klugscheißerische Erläuterungen liefert, die meist mit dem Satz anfangen: „Weißt du eigentlich, dass die Frau von Sokrates tatsächlich Xanthippe hieß?"

So, jetzt bin ich aber ein bisschen ... heißt es „abgeschwiffen"? Oder „abgeschweift"? Wussten Sie eigentlich, dass eine Raute auch ein Drachen ist? Nur mit vier gleich langen Seiten? Die enorme Faszination dieser Rautenform liegt, glaube ich, in der Natur des menschlichen Wesens. Eine Raute verheißt immer etwas äußerst Positives. Nicht umsonst hat ja beispielsweise das Vorfahrtsschild eine Rautenform. Oder ist es ein auf der Spitze stehendes Quadrat? Wussten Sie übrigens, dass ein Quadrat auch eine Raute ist? Nur mit vier rechten Winkeln? Und dass man einen Besserwessi früher Wichtigtuer nannte?

Beim Nujablock schob man die Folie ein bisschen runter, um an der oberen Drachen-Spitze den Schokobelag abzulecken. Sodann biss man ein Stückchen dieser weißen Nuja-Masse ab. Und kaute genüsslich darauf rum. Was für ein göttlicher Geschmack! Noch heute, wenn ich irgendwo einen Nujablock erblicke, kann ich einfach nicht widerstehen. Der Nujablock, ein Kirmesvergnügen der außerirdischen Art.

Da hätte garantiert auch Neil Armstrong sein helles Vergnügen dran gehabt: Eine Winzigkeit für die Menschheit, aber ein Riesen-Ereignis für einen Eifeler Kirmes-Jungen! Und auch noch Wochen nach der Kirmes gab es Menschen, die sich über die Existenz der Nujablöcke fast ein Bein aus freuten: Die Zahnärzte.

Dann gab es aber auch noch einen zweiten Kirmesplatz. Nämlich die Wiese, wo der Schützenkönig ausgeschossen wurde. Dabei kamen hundertprozentig keine Styroporkugeln zum Einsatz. Sondern richtige. Aus Eisen. Weshalb die meisten auch drei Meter neben den Vogel zielten. Aus lauter Angst vor den Kosten, die auf einen Schützenkönig und seine Königin zukamen.

Auf dieser Schützenkönigswiese wurde aber nicht nur geballert. Da warteten auch weitere, äußerst erbauliche Belustigungen speziell auf die Heranwachsenden.

Beispielsweise war ein etwa sechs Meter hoher, blankgehobelter und -polierter Mast fest im Wiesengrund verankert. Und oben in der Spitze hatte man einen Kranz befestigt, an dem gut durchgeräucherte Mettwürste baumelten. Und wenn es dir gelang, bis in die Spitze hochzuklettern, zu „schlingen", das war der Fachausdruck für diese Kletter-Variante, dann durftest du oben eine Wurst abreißen. Runterrutschen und deine Beute unten aufessen. Das Spezielle an dieser vergnüglichen Übung war, dass der glatte Mast von unten bis oben dick mit Schmierseife, wie der Name schon sagt, eingeschmiert war. Ich habe nie eine Wurst ergattern können. Wohl ein paar hinter die Löffel. Weil meine Sonntagsklamotten total versaut waren. Vielleicht bin ich deshalb später Vegetarier geworden.

Zum kontrollierten, allmählichen Runtergleiten am Mast

fehlte vielen am Ende die nötige Kraft. Beim Hochschlingen hatten sie sich schon total verausgabt. Es ging schließlich um die Wurst. Die die meisten aber nicht mal erreichten. Auf halbem Weg war für sie Ende der Fahnenstange. Sie ließen dann einfach los. Und die Schwerkraft übernahm die Regie. Dabei hat sich so mancher die inneren Oberschenkel unter der kurzen Hose höllisch verbrannt. Und die Hände noch dazu. Da verging einem der Appetit auf das Würstchen schlagartig. Das man ja aber zum Glück auch gar nicht erwischt hatte. Immerhin: Man hatte erstens ein lebenslanges Andenken an die Kirmes. Ein „Bränding", würde man heute sagen. Zweitens was für den Physikunterricht gelernt. Nämlich, dass Schmierseife Reibungshitze eher verstärkt, als dass sie sie abschwächen oder gar verhindern würde.

Ein ähnlich rasendes Vergnügen war die Sache mit dem „Worbele-Kuchen". Heidelbeeren hießen ja bei uns „Worbele". Also zu gut Deutsch „Waldbeeren". Was auch logisch ist. Schließlich wachsen die Beeren im Wald. Und nicht etwa im Heidel, was immer das auch sein sollte. Der Begriff „Heidel" war bei uns in der Eifel jedenfalls sehr negativ besetzt. Allein schon, weil er sehr nach „Heiden" klang. Und Heiden waren, das wusste jeder, sehr bedauernswerte Wesen. Wir sammelten in der Vorweihnachtszeit immer Silberpapier für die Heidenkindchen. Aus Schokoladentafeln, aus Zigarettenschachteln, von Nujablöcken. Wo immer man an Silberpapier rankam. Das zusammengeknüddelte Silberpapier gaben wir dann in der Kirche ab. Oder im Pfarrhaus. Und das kriegten dann die Heidenkindchen in Afrika. Was die damit machten, wussten wir so genau nicht. Ich hatte für mich die Vorstellung entwickelt, dass man denen aus dem Silberpapier womöglich Kleider machte. So Art

Ritterrüstungen. Als Schutz gegen die brutale Hitze. Denn eins war uns damals sonnenklar: Heiden landeten in der Hölle. Und da ist es bekanntlich brutal heiß. Höllenheiß. Das betraf auch die Heiden-Kindchen. Die sahen zwar sehr süß aus. Wie zum Beispiel der Sarotti-Mohr. Waren aber eben dazu verdammt, irgendwann ausgewachsene Heiden zu werden. Also in der Hölle zu landen. Da war nun mal nichts dran zu ändern. Selbst mit Zentnern von Silberpapier nicht. Die taten mir schon leid, die Heidenkindchen.

Da, wo die lebten, in Afrika, das schoss mir mal ganz plötzlich durch den Kopf, als ich eines Kirmesmontags am Wurst-Mast auf mein Startsignal wartete, da ist doch überall nur Sand. Und kein Wasser. Erst recht kein Wald. Also auch keine Wald-Beeren. Und schon gar kein Waldbeer-Kuchen. Das war einer dieser Momente, wo ich gedacht habe: Ein Glück, dass ich nicht in Afrika geboren wurde. Sondern in der Eifel.

Ob die Heidenkindchen einen Klettermast mit Wurstkranz und Schmierseife haben, da war ich mir nicht so sicher. Klimatisch wäre das schon gegangen. Aber wer weiß, ob es da unten überhaupt eine Kirmes gibt? Wie wir sie in der Eifel gottseidank haben. Zumindest damals noch hatten.

Und bei uns wurde jedenfalls am Kirmesmontag in einer Ecke der Schützenkönigswiese auf einem Tisch ein riesiger Worbele-Kuchen platziert. Der war aber nicht nur riesig groß. Man hatte zudem in diesem Kuchen einige Fünfmarkstücke so geschickt versenkt, dass nicht mal mehr ein Millimeterchen davon zu sehen war. Wieviele Fünfmarkstücke der Kuchen barg, wurde nicht bekanntgegeben. Vielleicht zwei, vielleicht zwanzig. Wir Kinder wussten es nicht. Den Rest kann man sich leicht zusammenreimen. Der Delinquent musste nun, ohne

Zuhilfenahme der Hände, ein einziges Mal sein Gesicht in den Kuchen hineinversenken, zubeißen – und wenn er mit einem Fünfmarkstück zwischen den Zähnen wieder hoch kam, durfte er dieses behalten. Und fünf Mark waren damals für ein Eifelkind ein kleines Vermögen. Da hättest du glatt fünfzig große Nujablöcke für gekriegt. Das muss man sich mal auf der Zunge zergehen lassen.

Ich habe nicht ein einziges Mal erlebt, dass jemand ein Fünfmarkstück zwischen den Zähnen gehabt hätte. Was aber dem Höllen-Vergnügen der umstehenden Zuschauer keinen Abbruch tat. Vor allem, wenn der Worbelekuchentaucher ein weißes Hemd trug.

Dieses überaus lustige Spiel mit dem so extrem hohen Unterhaltungswert sollte man vielleicht mal David Copperfield anbieten. Denn es basierte auf dem, was David ja auch so über alle Maßen liebt: Der Illusion. In diesem Falle der Illusion, in dem Worbelekuchen wäre auch nur ein einziges Fünfmarkstück verborgen. Erwachsene können schon grausam sein! Eigentlich sollte man so ein schäbiges Verhalten unschuldigen Kindern gegenüber nicht erwarten dürfen. Von Nicht-Heiden schon gar nicht.

Das zentrale Kirmes-Ereignis, zumindest für die Erwachsenen, Heide hin oder her, war aber natürlich der Kirmesball. Wenn ich mich recht erinnere, war sogar an jedem der drei Festtage ein Kirmesball. DIE Gelegenheit zum Austausch erster zwischengeschlechtlicher Erfahrungen unter den Angehörigen der heftigst pubertierenden Nachwuchsgeneration. Ich war sechzehn, als es mir tatsächlich gelang, das Mädchen meiner Träume nach dem Kirmesball nach Hause zu begleiten. Sie war aus meiner Volksschulklasse. Schon mit sechs Jahren fand ich sie umwerfend schön. Und für mich gab es nicht den Hauch eines Zweifels: Die werde ich eines Tages heiraten. Okay, vielleicht war ich auch schon acht. Und klug war sie auch noch. Bei allen Schultests die Beste. Eine Traumfrau! Gar keine Frage. In der Kirche habe ich sie immer wieder angeschaut. Natürlich so, dass es nicht auffiel. Ich wollte ja nicht zum Gespött der anderen Jungs werden. Sich in ein Mädchen zu verlieben, war in diesem Alter das Zweitpeinlichste, was einem Jungen passieren konnte. Noch peinlicher war nur, auch noch zu zeigen, dass man verliebt war.

Bei uns in der Kirche knieten die Jungs, wenn man in Richtung Altar guckte, rechts in den Kinderbänken. Die Mädchen links. Nach Klassen gestaffelt. Die ganz Kleinen vorn und so weiter, altersmäßig nach hinten aufsteigend. So dass meine gleichaltrige Traumfrau, von mir aus gesehen, immer auf gleicher Höhe kniete.

Da konnte ich ab und an einen Blick riskieren. Und manchmal hatte ich den Eindruck, dass sie den auch erwiderte. Aber Verliebte haben ja vor allem eins: Eine stark ausgeprägte Einbildung.

Angesprochen habe ich sie jedenfalls erst mit Sechzehn. Auf dem Kirmesball. Vermutlich spielte der Alkohol eine nicht unwesentliche Rolle. Wie so oft in der Eifel. Und sie zeigte sich tatsächlich einverstanden mit meinem Angebot, sie nach Hause zu begleiten. Jedenfalls hat sie sich nicht allzu energisch gewehrt. So weit ich mich erinnere. Wir schlenderten in Richtung ihres Elternhauses. Sie wohnte im Unterdorf. Eine recht lange Strecke war zurückzulegen. Mindestens so weit wie von uns bis zum Bäcker. Den Leiterwagen zum Einsatz zu bringen, hatte ich kurz überlegt. Die Idee dann aber wieder verworfen. Und es lag nicht allein an den frostigen Temperaturen, dass ich am ganzen Leibe zitterte. Sie aber auch.

Ob wir was geredet haben, weiß ich nicht mehr. Wie ich mich kenne, eher nicht. Ich wusste nur tief in meinem Innersten: Es war eine einmalige Gelegenheit. Nach all den Jahren. Es musste auf jeden Fall was passieren. Wir gingen und gingen nebeneinander her. Das Herz war mir inzwischen in die Hose gerutscht. Wo es aber um so heftiger schlug. Und kurz, bevor sie in ihrer Haustür verschwand, kam es dann doch noch zum Showdown. Plötzlich standen wir eng aneinander geschmiegt. Ziemlich dicht an einer Hecke. Und unsere Lippen fanden den Weg zueinander. Jetzt war Leidenschaft gefragt. Das wusste ich genau. Aus dem Fernsehen. Einfach nur die Lippen zart berühren, das reichte bei weitem nicht. Nur keinen Anfängerfehler machen! Bei Liz Taylor und Richard Burton hatte ich genauestens beobachtet, dass die richtig intensiv offenbar auch ins Mundinnere hineinarbeiteten. Und was Richard Burton konnte, dieser versoffene Ire, das sollte ich als betrunkener Eifeler doch wohl mindestens genausogut hinkriegen. Ich öffnete den Mund so weit wie möglich. Meinen eigenen. Und den ihren gleich mit. Oder machte sie das selbst? Oder wusste sie sich einfach nicht zu wehren? Ich hatte ja von Mutterseite diese Riesen-Zähne geerbt. Vor allem die Schneidezähne! Regelrechte Hauer. Damit wäre ich in der letzten Eiszeit garantiert zum Mammut des Jahres gekürt worden. „Hammerschmidt-Zänk" – als solche waren die in der dentalen Fachliteratur bekannt. Vermute ich. Auf jeden Fall nannte Oma die so. Und wenn die „Hammerschmidt-Zänk" einmal zu arbeiten begannen, ich meine jetzt rein kusstechnisch, da war nichts gegen auszurichten. Das war so, als hätte sich eine

Baggerschaufel in Bewegung gesetzt. Aus ihrer Sicht natürlich. Ich war ja der Baggerführer. Aber ich gehe mal zu meinen Gunsten davon aus, dass sie den Film mit Liz Taylor und Richard Burton auch gesehen hatte. Und ihrerseits eine entsprechende Erwartungshaltung in die Szene mit einbrachte. Um nicht zu sagen: „in die Zähne". Jedenfalls setzte ich alle Leidenschaftswerkzeuge ein, die der Schöpfer mir mit auf den Weg gegeben hatte. Neben den Zähnen vor allem auch die Zunge. Logisch! Den Begriff „Zungenkuss" hatte ich schon gehört. Und der kam ja sicher nicht von ungefähr. Keinen Winkel ihrer Mundhöhle ließ ich unbearbeitet. Wenn mein Zahnarzt heute von einer „professionellen Zahnreinigung" spricht, kommt mir jedes Mal wieder meine Aktion von damals in den Sinn. Es war ein recht anstrengendes Unterfangen, das sicher auch gut und gerne seine zehn Minuten gedauert haben mag. Sie ließ alles über sich ergehen. So könnte man es beschreiben, wenn man es gut mit mir meint.

Okay, dahingeschmolzen ist sie nicht. Geschrien hat sie aber auch nicht. Sei es, wie es sei, ich möchte die Gelegenheit ergreifen, mich an dieser Stelle, sollte sie das je lesen, bei ihr in aller Form für die unmenschliche Mund-zu-Mund-Attacke zu entschuldigen.

Immerhin scheinen die Verletzungen so schlimm auch wieder nicht gewesen zu sein. Jedenfalls stieg sie am anderen Morgen, die Tat war am letzten Kirmestag geschehen, in den Schulbus ein. Ohne Kopfverband. Wir standen beide im Mittelgang. Der Bus war, wie immer, total überfüllt. Wir standen unmittelbar hintereinander. Sie direkt vor mir. Auf Tuchfühlung. In jeder Kurve, bei jeder Bremsung spürte ich ihren Rücken an meiner Brust. Manchmal kitzelten sogar ihre Haare in meiner Nase. Und ich habe die ganze Fahrt geschwiegen. Sie auch.

In den folgenden Wochen, Monaten und Jahrzehnten unseres Lebens sind wir uns immer mal wieder begegnet. Mal hier, mal da. Haben aber über meinen oralen Fehlversuch in jener Kirmesnacht nie wieder ein Wort miteinander gewechselt. Und auch über sonst nichts. Nicht ein einziges Wort! Nie!

Geheiratet haben wir auch nie. Das möchte ich der Vollständigkeit halber noch anmerken. Obwohl ich nach wie vor felsenfest davon überzeugt bin: Wir wären DAS Traumpaar geworden. Ich weiß, man soll sich im Nachhinein nicht in verpasste Chancen verbeißen. Aber weh tut es schon. Auch heute noch. Sehr weh.

Ich schätze Richard Burton und Liz Taylor wirklich sehr. Daran hat sich nichts geändert. Aber das habe ich den beiden nie verziehen. Nie.

Bitte teilen Sie uns Ihre Anmerkungen oder Kritik mit. Wir freuen uns über jede Anregung und jeden Verbesserungsvorschlag. Auf Anfrage senden wir gerne unser aktuelles Verlagsprogramm zu! Anruf oder Nachricht genügt:

GEV (Grenz-Echo Verlag)
Marktplatz 8
4700 Eupen (Belgien)
ruf +3287 59 13 03 – fax +3287 74 38 20
buchverlag@grenzecho.be
www.gev.be